一本就夠・沒有之一

活用韓語關鍵句型

基礎

羅際任 著

一本理論、實務兼俱的韓語句型書

　　羅際任老師現為國立政治大學外文中心、韓文系講師，大學部畢業自國立政治大學韓國語文學系。大學期間成績至為優異，曾交換至韓國慶熙大學學習一年，求學期間，獨鍾韓語語法，鑽研有加。畢業後旋再入於政大韓國語文研究所，深耕韓語語法理論與韓語教學原理，畢業前夕，復由學校選送至韓國名門大學漢陽大學語言中心實習韓語教學，以卓越成績結業，取得碩士學位。研究所在學期間，羅老師即至國立政治大學附屬高級中學及臺北市立西松高級中學擔任韓語課程教席。研究所畢業後及今，歷任臺北市立永春高級中學、臺北市立華江高級中學等多所學校講師，韓語教學經驗豐富，教學實務理論兼俱，授課備課充實，教學認真，並深刻瞭解韓語初學者對文法困難之處與學習所需，甚獲學生好評。本書《活用韓語關鍵句型》即為羅老師多年教學心得與心血之結晶，特針對初學韓語之學習者所編寫。

　　本書《活用韓語關鍵句型》內容係以句型各詞彙之語意分類，並以之為主軸展開書寫，分為「X基本概念」、「A語氣與語感」、「B句子連結」、「C描述與添加」及「D其他常用表現」等五大部分。每部分所屬之各種句型都加以「解釋」、「中文翻譯」、「結構形態」、「結合用例」、「用法」、「延伸補充」、「句型結合實例」等七步驟詳細說明，深入淺出，簡明扼要、精闢易懂，足為初學韓語者參考與運用，並嘉惠所學。茲值新書出版，謹樂於為之薦。

國立政治大學韓國語文學系　名譽教授

蔡連康 謹識

二〇二一年九月二十日

一本體貼學習者的韓語工具書

　　本書針對學習韓語時最常感到困擾的各類句型，依不同用法分門別類，做出非常有系統又很有規律的介紹與說明，使用的參照例句也非常合乎生活用語習慣，對韓語學習者在學習韓語時，能起到相當大的輔助功效，對理解多樣的韓語句型也能事半功倍，是一本值得閱讀的韓語學習書。

東吳大學語言教學中心　教授

曾天富 謹識

韓語教育者的使命

隨著韓流崛起、臺韓間交流日益頻繁,韓語教育之蓬勃在臺灣已成為趨勢。坊間所見,韓語補習班林立、推廣教育中韓語的多元課程規畫,高中、大學亦主動開設為數不少的韓語課程;凡學校的正規課程到自發性的學習課程,韓語皆參與其中,已是不可忽視的現象。

走進書店,可發現韓語學習書籍獨立成一區,學習者可依照自身需求,選擇適合自己的參考書籍。放眼所見,韓語教材眾多,但是,一本由臺灣人撰寫的韓語句型書、一本擁有紮實內容的韓語句型書、一本由臺灣人視角切入的韓語句型書,真的不易見。於是筆者暗自下定決心,期待自己能夠創作出一本從臺灣人學習角度切入、接地氣地呈現韓語句型的書籍。

筆者自韓國歸臺後,至今已從事韓語教育五年餘,這五年中無論是社會教育之韓語教育,或是學校教育之韓語教育,筆者皆有涉獵,並在教學過程中不斷地精進自己的講授技巧。身為臺灣人,如何運用母語優勢精確地講述句型,藉以補強韓語教科書中句型解說內容之不足,一直是筆者的目標,亦為筆者身為韓語教育者之使命。這本句型書,不單單僅是一本書,亦是一份想要回饋大家的感恩。

筆者出身於國立政治大學韓國語文學系,在父母親之支持下,學士班時期跟著優秀老師們的腳步奠定韓語基礎,學習韓語的過程至今仍歷歷在目,無時無刻提醒自己必須站在學習者的立場思考;在碩士班時期以理論作為基礎,透過實際教學經驗的不斷修正、檢討,藉以深化韓語句型之講授能力。在政大讀書的七年期間,實為滋養筆者的黃金時刻。

今日,筆者終於勇敢地踏出了一步,將多年來的教學經驗撰寫成書,期盼將韓語句型之使用技巧與讀者分享。在此要感謝父母,一直是筆者的精神支柱;感謝師長們,一直以來提供寶貴意見;感謝政大,開闊了筆者的視野;也

要感謝瑞蘭國際出版，願意提供機會予年輕教師，協助筆者能順利出版本書。

　　最後，希望讀者能運用本書，踏實地提升自己的韓語能力。本書之句型內容雖為初級階段常學習之句型，但由於基礎之打底影響甚大、甚遠，往後將頻繁地被使用於韓語各級，再加上書中內容已盡力詳盡解說，較為細部之句型使用現象都已完整呈現，所以除了適用於初級韓語學習者外，中、高級韓語學習者亦可利用本書實現補強基礎之目標。期待本書的用心細節能對讀者有實際幫助，並能輕鬆解決在學習韓語時所遇到的各式問題，若能讓讀者能夠更正確、順暢地使用韓語，則是筆者最大的榮幸。

羅際任

2021年09月28日於木柵

本書內容

　　《活用韓語關鍵句型》全書共有四章，分別為：A語氣與語感、B句子連結、C描述與添加、D其他常用表現，此為依照句型的使用時機而做出之分類。而每章依照更細部之使用功能，再劃分成四節。讀者可在學習特定句型時，一併瀏覽同一章節之相關句型，進而更正確地使用符合每一狀況之韓語表現。另外，在四章前放置基本概念，提供讀者在遇到較生疏的專有名詞，以及動詞、形容詞脫落與不規則變化時查找，以便時時複習，增加印象。

使用時機

　　本書作為工具書，讀者可搭配原先使用之韓語教科書使用，藉以補足教科書中不足之句型解說。考量到學習者對句型之查找可能產生困難，書中之最後亦提供「句型索引」，而單純依照韓語排列順序之呈現，則提供讀者另一種搜尋句型之方式。

適用對象

　　本書所包含之句型十分豐富，雖主要為初級階段學習之句型，但由於此階段所學之句型使用頻率甚高，且書中對句型解釋、用法之講述甚為詳細、紮實，因此亦適合具備中、高級韓語能力之學習者使用。無論是剛開始接觸韓語之學習者、欲對韓語句型有更深一步了解之學習者，或是想更自然、流暢地表達韓語的學習者，相信讀者只要善用本書，活用本書，必定可在學習韓語的道路上能更有所進步。

　　本書每個句型說明皆以下列步驟詳細說明：

A1 | 目的、意圖與希望

A1-1 -(으)러

解　　釋：表示為了完成某動作，或為達成某目的而前往該地點。

中文翻譯：為了……而……

結構形態：連結語尾。

結合用例：

與「動詞」結合時			
공부하다	공부하러	돕다	도우러*
읽다	읽으러	씻다	씻으러
만들다	만들러*	짓다	지으러*
닫다	닫으러	쓰다	쓰러
듣다	들으러*	자르다	자르러
입다	입으러	놓다	놓으러

用　　法：

1. 此句型表示為了達到某目的而移動到某地方，後方僅可添加移動動詞，如「오다」（來）、「가다」（去）、「올라오다」（上來）、「올라가다」（上去）、「들어가다」（進去）等與移動相關之動詞；另一方面，「-(으)러」前方不可加上移動動詞。

　　• 야경을 보러 전망대에 올라가요.
　　　為了看夜景而上去展望台。

038

解釋

對句型進行意義上之說明，讓讀者清楚了解句型之作用，以便日後與其他相似句型進行比較。同時，藉由意義上之精確定義，可對句型擁有更嚴謹之功能確定。

中文翻譯

將對應於該句型的中文意思列出，讓讀者可透過更直接性之說明，理解句型最準確之意義。同時，可立即應用於文句翻譯，藉以提升翻譯實力。

結構形態

在韓語句型中，屬經過「結合」後衍伸出新意義之句型甚多。透過結構形態之分析，讀者可了解句型中之組成成分，也就減少「硬背」之必要，可更輕鬆、更省時地以「關聯性」來判斷句型意義。

結合用例

實際將句型與單字的結合列出，並依照詞性區分，更能讓讀者親自確認該句型之正確使用方式。同時，屬「脫落、不規則活用」、「合併、簡化」及「特例用法」之部分亦以「＊」清楚標示，能更輕鬆地掌握韓語中之「例外」。

用法

　　以條列式明示該句型之實際用法，極為詳盡之用法解說，讓讀者能更準確地使用句型，且一次到位；既彌補在自學韓語時句型講解之缺乏，亦補強坊間書中模糊且大略式之說明。

例句解說

針對例句內容中需加以解釋之部分單獨說明，預先解說讀者可能提出之問題。詳盡且獨一無二之附加說明，協助讀者更能理解句型之實際操作，就像有老師在旁細心講述。

延伸補充

雖是基礎句型，卻仍可能含有難度較高之意涵。此部分專為「深度學習者」設計，供學習有餘力之初級學習者、欲重新補強基礎之中、高級學習者使用；透過深度提高之延伸用法，讓讀者在韓語之使用更為自然、流暢。

標色反黑

與一般內容有所區別之清楚標示，能讓讀者透過第一眼就可以辨識出句子中之重點部分，同時可再次確認句型之實際使用情形。此外，讀者可將其與「結合用例」相互對照，藉以能更清楚句型與單字間之結合方式。

句型結合實例

韓語學習中除句型之單獨演練，句型間之相互結合亦為不容忽視之處，也是在以韓語談話時不可或缺之重點。讀者可視情況對書中其他句型進行預先理解，藉以豐富韓語句型使用。

與「名詞이다」結合時			
학생이다	학생일까 봐	학교이다	학교일까 봐

用　法：

1. 表示對前文內容之假設感到擔心、害怕，說明其為引發從事後文行為的原因。前文內容通常具負面性，或是不被期望之事；後文內容通常是為避免該狀況實現導致損害、不良影響發生，進而做出之努力、防範。

▸ • 약속 시간에 늦을까 봐 뛰어왔어요.
擔心趕不上約定的時間，所以用跑的過來。

（擔心「늦다」（遲到）而做出「뛰어오다」（跑著過來）一行為之努力。）

D

▸ **延伸補充：**

1. 「-아/어/여도 되다」前方若與「一般否定」結合作「안 -아/어/여도 되다」，或「-지 않아도 되다」時，表示對該行為、狀態及條件之無法實現給予讓步、允許，有「並未有實現或達成該行為、狀態、條件之需要或義務」之意。

   • 시간이 넉넉하니까 일찍 출발하지 않아도 돼요.
   因為時間還很充裕，用不著早一點出發。

   • 답안지에 학번을 안 써도 돼요?
   不需要在答案紙上寫上學號嗎？

2. 由於此句型中之「되다」為動詞，因此即使「-아/어/여도 되다」前方與形容詞、名詞이다作結合，後方與其他句型、表現結合時，仍皆需要作動詞活用。

   • 나 혼자 가도 되는데...
   我一個人去，也沒關係啊……。

   • 이제 내가 없어도 되는 거야?
   現在就算沒有我，也沒關係嗎？

▸ **句型結合實例：**

1. -아/어/여도 되다 + -지만

   • 선생님은 해도 되지만 학생들은 하면 안 돼요.
   雖然老師可以做但學生不行做。

目次

目次

基本概念

在實際運用韓語時，常常會因基本概念的不足而影響動詞、形容詞等與句型之順利結合，也就直接影響了溝通之順暢性。基本概念的建構，就像大樓的地基一般，具有無可取代之之重要性。

專有名詞的解釋，可協助釐清較為複雜之文法概念；脫落現象與不規則活用，則可協助熟稔韓語中詞性之變化。學習者若能將本章內容烙印於腦海中，必定能對韓語之掌握更為輕鬆，在基礎上較他人更勝一籌。

X1 專有名詞解釋

X1-1 體言、格與助詞

- 體言（체언）：不與語尾活用結合，透過助詞之協助，得以發揮其在句子中之作用，包含名詞、代名詞、數詞。

- 格（격）：句子中之體言（名詞、代名詞、數詞）在對應於動詞、形容詞、敍述格助詞（이다）時，在句子中所具備之資格、所扮演之角色。

- 助詞（조사）：添加於名詞、代名詞、數詞、副詞後方，用以表示與其他句子成分之間文法關係的一種詞性，同時具有協助釐清、增添句子含意之功用。

用　例：

① 친구가 커피를 마셔요. 朋友喝咖啡。

→ 對應於動詞「마시다」（喝）時，體言「커피」（咖啡）所具備之資格為受格，後方添加受格助詞「을/를」形成受語，為句子的成分之一，表示其為接受動詞動作之對象。

② 날씨가 좋아요. 天氣好。

→ 在對應於形容詞「좋다」（好）時，體言「날씨」（天氣）所具備之資格為主格，後方添加主格助詞「이/가」形成主語，為句子的成分之一，是呈現詞彙之動作、狀態的主體。

X1-2 用言、語幹與語尾

- 用言（용언）：需要另外加以活用變化之詞彙，包含動詞、形容詞；與此同時，「이다」（是）雖並未被納入用言之中，但亦需要加以活用變化。

- 語幹（어간）：動詞、形容詞、「이다」之核心基幹。與語尾結合時，原則上不會改變「다」前面之部分，便稱其為「語幹」。

- 語尾（어미）：動詞、形容詞、「이다」加以活用變化時改變之部分，即語幹除外之部分。依據位置、功能，可細分為「終結語尾」、「先語末語尾」、「轉成語尾」等。

用　　例：

① 저는 선생님이에요. 我是老師。

→ 字典形（出現在字典、單字書上之基本形態）「이다」透過與終結語尾結合後會變成「이에요」，但其語幹中的「이」並無變化。

② 식사하고 가요. 吃完飯後去。

→ 字典形「식사하다」透過與連結語尾結合後會變成「식사하고」，但其語幹「식사하」並無變化。

X1-3 用言活用方式

- 「-아/어/여」：視語幹最後一字決定。若最後一字母音為「ㅏ、ㅗ」（陽性母音）時，要與「아」結合；若最後一字母音為「ㅏ、ㅗ」以外之母音（陰性母音）時，要與「어」結合；若語幹最後一字為「하」時，則要與「여」結合，且另常作「해」。

- 「-(으)」：視語幹最後一字收尾音之有無決定。若有收尾音時，則需要添加「으」；若無收尾音，或語幹最後一字以「ㄹ」結尾時，則不需要添加「으」。

用　　例：

① 만들다 + -아/어/여요 → 만들어요　製作。

　→ 語幹「만들」之最後一字為「들」，其母音為「ㅏ、ㅗ」以外之母音即為陰性母音，所以與「어」結合。

② 먹다 + -(으)ㄹ 것이다 → 먹을 것이다　要吃。

　→ 語幹「먹」之最後一字為「먹」，具收尾音，因此必須連同「으」一併與後方之句型結合。

X1-4 尊待法（敬語體制）

....

- 相對尊待法（**상대높임법**）：與聽者相關之尊待，需要考量話者與聽者之間的關係；以終結語尾呈現。

- 主體尊待法（**주체높임법**）：與主語、行為者相關之尊待，需要考量主語與話者之間的關係；以特定詞彙、助詞、先語末語尾（緊接於用言、**이다**語幹後方）呈現。

- 客體尊待法（**객체높임법**）：與對方、受行為影響者相關之尊待，需要考量主語與受行為影響者之間的關係；以助詞、特定詞彙呈現。

用　例：

① 어디에 갑니까? 去哪裡？

　　→ 以終結語尾「–ㅂ니까?」呈現相對尊待，表達對聽者之尊敬。

② 교수님께서 식사하셨어? 教授用餐了嗎？

　　→ 以助詞「께서」、先語末語尾「–(으)시–」呈現主體尊待，表達對主語、行為者之尊敬。

③ 처음 뵙겠습니다. 初次見面。

　　→ 以特定詞彙「뵙다」呈現客體尊待，表達對對方、受行為影響者之尊敬。

X1-5 時制與動作相

- 時制（시제）：表示事件、事實發生在時間軸上之位置，可分為現在、過去、未來；在韓語中，未來發生之事件、事實可以現在時制表達，若選擇使用未來時制，則基本上亦同時具有意志或推測之含意，因此在本書中亦以相同方式處理未來時制。

- 動作相（상）：動詞具備之動作樣態、特性，可分為進行、完了、預定。這點和英語不同，在英語中是將時態、動作相並稱為「時態」。

用　例：

① 내일 학교에 가요. 明天去學校。

→ 在時間上為未來，但實際上以現在時制表示；添加表示未來時間之名詞、副詞，即可以現在時制表達未來發生之事件、事實。

② 공부하고 있었어요. 當時正在讀書。

→ 在時制上為過去，動作相上為進行，即表示過去進行之事件、事實。韓語中之動作相，是利用句型另外加以表示。

X1-6 終結語尾

- 終結語尾（**종결**어미）：使一句子終結、完整之語末語尾。所有句子需要藉由終結語尾來完成句子。依據語氣，可分為陳述句、疑問句、命令句、共動（共同行動）句。

- 格式體終結語尾（**격식체**）：具禮儀、正式性之終結語尾，具有直接、斷定、客觀性等特徵。「-ㅂ니다./습니다.」、「-ㅂ니까?/습니까?」等即屬其中。

- 非格式體終結語尾（**비격식체**）：語氣較為柔和之終結語尾，較具主觀性，也因此可表達較為豐富之內心情感。「-아/어/여요」（敬語）、「-아/어/여」（半語）等即屬其中。

用　例：

① 언제 오셨습니까?　什麼時候蒞臨的呢？

　→ 格式體終結語尾「-ㅂ니까?/습니다?」置於句末，較為正式、莊嚴。

② 언제 왔어요?　什麼時候來的？

　→ 非格式體終結語尾「아/어/여요」置於句末，廣泛使用於日常口語中。

脱落現象與不規則活用

X2-1 「ㄹ」脫落現象（'ㄹ' 탈락 현상）

規　則：

① 當動詞、形容詞作語幹最後一字以「ㄹ」作為收尾音時，若語尾以「ㄴ、ㅂ、ㅅ」開頭，或緊接收尾音「ㄹ」，則「ㄹ」必須脫落。

用　例：

- 살다 + -는 → 사는

  > 「살」以「ㄹ」結尾，後方語尾以「ㄴ、ㅂ、ㅅ」開頭時，則「ㄹ」脫落。

- 놀다 + -(으)ㄹ래요 → 놀래요

  > 「놀」以「ㄹ」結尾，視為無收尾音，此時後方「으」脫落；去除「으」之後，當後方緊接收尾音「ㄹ」，則前方「ㄹ」脫落。

- 팔다 + -(으)러 → 팔러

  > 「팔」以「ㄹ」結尾，視為無收尾音，此時後方「으」脫落；去除「으」之後，此時後方並非緊接收尾音「ㄹ」，則前方「ㄹ」不需脫落。

常見之適用詞彙

가늘다（細）	갈다（磨）	걸다（掛）	길다（長）	깔다（鋪墊）
끌다（拖拉）	날다（飛）	놀다（玩）	늘다（增加）	달다（掛）
들다（提）	만들다（製作）	멀다（遠）	밀다（推）	벌다（賺）
불다（吹）	살다（生活）	썰다（切）	알다（知道）	얼다（凍）
열다（開）	울다（哭）	졸다（打瞌睡）	팔다（賣）	풀다（解開）

補　充：

此脫落現象為韓語中廣泛出現之規律，具普遍性。除因適用「不規則活用」而發生之特例之外，其他絕大部分之情形皆需要按照此脫落現象之規則進行變化。

X2-2 「一」脫落現象（'一' 탈락 현상）

規　則：

① 當動詞、形容詞語幹最後一字以「一」結尾時，若語尾以「-아/어」開頭，則「一」必須脫落，並依據語幹最後一字之前一字的母音填補其空缺，若前一字之母音為「ㅏ、ㅗ」，則以「ㅏ」填補；前一字之母音為「ㅏ、ㅗ以外之母音」，則以「ㅓ」填補。

② 承上規則，但當動詞、形容詞語幹本身僅有一字，則「一」必須脫落，並以「ㅓ」填補其空缺。

③ 當動詞、形容詞語幹最後一字以「ㄹ」結尾時，視為無收尾音，後方在與語尾結合時，若語尾以媒介母音「으」開頭，則「一」脫落。

用　例：

- 아프다 + -아/어/여요 → 아파요

  > 「아」之母音為「ㅏ、ㅗ」，則以「ㅏ」取代「프」中的母音「一」。

- 예쁘다 + -았-/-었-/-였- → 예뻤-

  > 「예」之母音為「ㅏ、ㅗ以外之母音」，則以「ㅓ」取代「쁘」中的母音「一」。

- 쓰다 + -아/어/여요 → 써요

  > 「쓰」前並無字，則以「ㅓ」取代「쓰」中的母音「一」。

- 끄다 + -아/어/여 버리다 → 꺼 버리다

  > 「끄」前並無字，則以「ㅓ」取代「끄」中的母音「一」。

- 울다 + -(으)면 → 울면

  > 「울」以「ㄹ」結尾，視為無收尾音，後方語尾以「으」開頭時，則「ㅡ」脫落。

- 벌다 + -(으)려고 → 벌려고

  > 「벌」以「ㄹ」結尾，視為無收尾音，後方語尾以「으」開頭時，則「ㅡ」脫落。

常見之適用詞彙			
고프다（餓）	끄다（關）	나쁘다（壞）	담그다（盛裝）
들르다（順道去）	따르다（遵照）	뜨다（飄浮）	모으다（收集）
바쁘다（忙）	쓰다（寫）	아프다（痛）	예쁘다（漂亮）
잠그다（鎖）	치르다（舉辦）	크다（大）	

補　充：

此脫落現象為韓語中廣泛出現之規律，具普遍性。除因適用「不規則活用」而發生之特例之外，其他絕大部分之情形皆需要按照此脫落現象之規則進行變化。

X2-3 「ㅂ」不規則活用（'ㅂ'불규칙 활용）

規　則：

① 當動詞、形容詞語幹最後一字以「ㅂ」結尾時，若語尾以「母音」開頭，則「ㅂ」必須脫落，添加「우」於後，同時將語幹視為無收尾音，再與語尾結合。

② 同上規則，但在「곱다、돕다」與「아」開頭之語尾結合時，「ㅂ」必須脫落，添加「오」於後，再與語尾結合，屬特例用法。

用　例：

* 춥다 + -아/어/여서 → 추우어서 → 추워서

> 「춥다」屬不規則用言，且後方語尾以「母音」開頭時，則「ㅂ」脫落並添加「우」於後，再與語尾結合。

* 어렵다 + -(으)니까 → 어려우니까

> 「어렵다」屬不規則用言，且後方語尾以「母音」開頭時，則「ㅂ」脫落並添加「우」於後；同時視語幹為無收尾音，因此不需添加「으」。

* 돕다 + -아/어/여 주다 → 도오아 주다 → 도와주다

> 「돕다」屬不規則用言，且後方語尾以「아」開頭，則「ㅂ」脫落並添加「오」於後再與語尾結合。）

- 곱다 + -(으)니까 → 고우니까

> 「곱다」屬不規則用言，但後方語尾以「非아之母音」開頭，不屬特例用法，則「ㅂ」脫落並添加「우」於後；同時視語幹為無收尾音，此時不需添加「으」。

屬於「不規則」活用之常見詞彙

가볍다 (輕)	굽다 (烤)	귀엽다 (可愛)
더럽다 (髒)	덥다 (熱)	맵다 (辣)
무겁다 (重)	쉽다 (容易)	아름답다 (美)
어렵다 (困難)	여쭙다 (請教)	우습다 (滑稽)
조심스럽다 (小心翼翼)	줍다 (撿)	춥다 (冷)
평화롭다 (和平)	곱다 (美) *	돕다 (幫助) *

補　充：

屬規則活用之用言，即使符合上述條件，亦依照一般活用之規則進行結合即可。

- 입다 + -(으)니까 → 입으니까
- 잡다 + -아/어/여 주다 → 잡아 주다

屬於「規則」活用之常見詞彙

굽다 (彎曲)	꼽다 (屈指)	뽑다 (拔)	씹다 (嚼)
업다 (揹)	입다 (穿)	잡다 (抓)	접다 (折疊)
좁다 (窄)	집다 (夾)		

X2-4 「ㄷ」不規則活用（'ㄷ' 불규칙 활용）

規　　則：

①當動詞語幹最後一字以「ㄷ」結尾時，若語尾以「母音」開頭，則「ㄷ」會替換成「ㄹ」。

用　　例：

- 듣다 + -(으)ㄹ까요? → 들을까요?

  > 「듣다」屬不規則用言，且後方語尾以「母音」開頭時，則「ㄷ」會替換成「ㄹ」於後；且不再適用「ㄹ脫落規則」。

- 묻다 + -아/어/여 보다 → 물어 보다

  > 「묻다」屬不規則用言，且後方語尾以「母音」開頭時，則「ㄷ」會替換成「ㄹ」。

屬於「不規則」活用之常見詞彙				
걷다（行走）	깨닫다（醒悟）	듣다（聽）	묻다（問）	싣다（裝載）

補　　充：

屬規則活用之用言，即使符合上述條件，亦依照一般活用之規則進行結合即可。

- 믿다 + -(으)ㄹ까요? → 믿을까요?

- 닫다 + -아/어/여 보다 → 닫아 보다

屬於「規則」活用之常見詞彙			
걷다（捲起）	닫다（關）	뜯다（撕扯）	묻다（埋）
믿다（相信）	받다（接收）	쏟다（傾倒）	얻다（獲得）

X2-5 「르」不規則活用（'르' 불규칙 활용）

規　則：

① 當動詞、形容詞語幹最後一字以「르」結尾時，若語尾以「-아/어」開頭，則「一」必須脫落，並依據前一字之母音填補其空缺，若前一字之母音為「ㅏ、ㅗ」，則以「ㅏ」填補；前一字之母音為「ㅏ、ㅗ以外之母音」，則以「ㅓ」填補。同時，需在語幹最後一字之前一字上添加收尾音「ㄹ」。

用　例：

- 빠르다 + -아/어/여서 → 빨라서

  > 「빠르다」屬不規則用言，且後方語尾以「-아/어」開頭；又「빠」之母音為「ㅏ、ㅗ」，則以「ㅏ」取代「르」中的母音「一」，同時在「빠」下方添加「ㄹ」。

- 기르다 + -아/어/여도 → 길러도

  > 「기르다」屬不規則用言，且後方語尾以「-아/어」開頭；又「기」之母音為「ㅏ、ㅗ以外之母音」，以「ㅓ」取代「르」中的母音「一」，同時在「기」下方添加「ㄹ」。

屬於「不規則」活用之常見詞彙

가르다（劃分）	게으르다（懶惰）	고르다（選擇）	기르다（飼養）
나르다（搬運）	누르다（按壓）	다르다（不同）	모르다（不知道）
바르다（塗抹）	부르다（呼喊）	빠르다（快）	오르다（登上）
자르다（剪）	찌르다（刺）	흐르다（流淌）	

補　充：

屬規則活用之用言，即使符合上述條件，亦依照一般活用之規則進行結合即可；惟仍適用「『ㅡ』脫落現象」。

- 따르다 + –아/어/여서 → 따라서

- 치르다 + –아/어/여도 → 치러도

屬於「規則」活用之常見詞彙		
들르다（順道去）	따르다（遵照）	치르다（舉辦）

X2-6 「ㅅ」不規則活用（'ㅅ' 불규칙 활용）

規　　則：

① 當動詞、形容詞語幹最後一字以「ㅅ」結尾時，若語尾以「母音」開頭，則「ㅅ」必須脫落，同時將語幹視為有收尾音，再與語尾結合。

用　　例：

- 낫다 + -(으)니까 → 나으니까

> 「낫다」屬不規則用言，且後方語尾以「母音」開頭時，則「ㅅ」脫落；同時視語幹為有收尾音，因此需添加「으」。

- 짓다 + -아/어/여요 → 지어서

> 「짓다」屬不規則用言，且後方語尾以「母音」開頭時，則「ㅅ」脫落；視語幹為有收尾音，因此不將「지」與「어」合併為一字。

屬於「不規則」活用之常見詞彙		
긋다（劃）	낫다（痊癒）	붓다（腫）
잇다（接上）	젓다（攪拌）	짓다（建）

補　　充：

屬規則活用之用言，即使符合上述條件，亦依照一般活用之規則進行結合即可。

- 씻다 + -(으)니까 → 씻으니까

- 벗다 + -아/어/여요 → 벗어요

屬於「規則」活用之常見詞彙		
벗다 (脫)	빼앗다 (搶奪)	뺏다 (搶奪)
솟다 (冒出)	씻다 (洗)	웃다 (笑)

X2-7 「ㅎ」不規則活用（'ㅎ' 불규칙 활용）

規　則：

① 當形容詞語幹最後一字以「ㅎ」結尾時，若語尾以「으」開頭，則「ㅎ」必須脫落，語尾之「으」亦同時脫落。

② 當形容詞語幹最後一字以「ㅎ」結尾時，若語尾以「-아/어」開頭，則「ㅎ」必須脫落，語尾亦同時依據語幹最後一字之母音而有所變化；若該母音為「ㅏ、ㅓ」，則語尾之母音變作「ㅐ」；若該母音為「ㅑ」，則語尾之母音變作「ㅒ」。

用　例：

- 그렇다 + -(으)ㄴ → 그런

  > 「그렇다」屬不規則用言，且後方語尾以「으」開頭時，則「ㅎ」脫落，「으」亦脫落。

- 이렇다 + -(으)ㄹ 것이다 → 이럴 것이다

  > 「이렇다」屬不規則用言，且後方語尾以「으」開頭時，則「ㅎ」脫落，「으」亦脫落。

- 하얗다 + -았-/-었-/-였- → 하얬-

  > 「하얗다」屬不規則用言，且後方語尾以「-아/어」開頭時，則「ㅎ」脫落；又「얗」之母音為「ㅑ」，語尾之母音變作「ㅒ」。）

- 까맣다 + -아/어/여서 → 까매서

> 「까맣다」屬不規則用言，且後方語尾以「-아/어」開頭時，則「ㅎ」脫落；又「맣」之母音為「ㅏ、ㅓ」，語尾之母音變作「ㅐ」。

屬於「不規則」活用之常見詞彙

그렇다（那樣的）	까맣다（黑）	노랗다（黃）
빨갛다（紅）	어떻다（怎麼樣）	이렇다（這樣的）
저렇다（那樣的）	파랗다（藍）	하얗다（白）

補　充：

屬規則活用之用言，即使符合上述條件，亦依照一般活用之規則進行結合即可。

- 넣다 + -았-/-었-/-였- → 넣었-

- 좋다 + -(으)ㄴ → 좋은

屬於「規則」活用之常見詞彙

낳다（生）	넣다（放入）	놓다（放下）
닿다（觸及）	쌓다（堆疊）	좋다（好）

語氣與語感

在韓語中，語氣與語感之使用極為細緻，不僅可左右一句話的含意，亦可呈現話者多樣之態度，進而影響聽者的回答。因此，說語氣與語感是一句話之靈魂也毫不為過。

與語氣、語感相關之句型，常置於句子之末端，透過小部分的差異，便能將話者所持有之態度傳達予對方。學習者若能將本章內容應用於實際對話，韓語之使用必定能更為順暢，與他人之溝通亦能更為融洽。

A1 | 目的、意圖與希望

A1-1 -(으)러

解　　釋：表示為了完成某動作，或為達成某目的而前往該地點。

中文翻譯：為了……而……

結構形態：連結語尾。

結合用例：

與「動詞」結合時			
공부하다	공부하러	돕다	도우러*
읽다	읽으러	씻다	씻으러
만들다	만들러*	짓다	지으러*
닫다	닫으러	쓰다	쓰러
듣다	들으러*	자르다	자르러
입다	입으러	놓다	놓으러

用　　法：

1. 此句型表示為了達到某目的而移動到某地方，後方僅可添加移動動詞，如「오다」（來）、「가다」（去）、「올라오다」（上來）、「올라가다」（上去）、「들어가다」（進去）等與移動相關之動詞；另一方面，「-(으)러」前方不可加上移動動詞。

   * 야경을 보러 전망대에 올라가요.
     為了看夜景而上去展望台。

- 소포를 보내러 우체국에 갔다 왔어요.
  為了寄包裹而去了一趟郵局。

  > 🔍 常用的移動動詞有：「가다」（去）、「오다」（來）、「올라가다」（上去）、「올라오다」（上來）、「내려가다」（下去）、「내려오다」（下來）、「나가다」（出去）、「나오다」（出來）、「들어가다」（進去）、「들어오다」（進來）、「다니다」（往返）。

2. 使用「-(으)러」時，前文與後文之主語必須一致，若未在句子中看到主語，則代表主語已被省略。

   - 친구의 생일 선물을 사러 꽃집에 가요.
     為了買朋友的禮物而去花店。

     （由於買禮物的主語與去花店的主語相同，因此省略了主語，即行為者。）

   - 저는 떡볶이를 먹으러 한국에 왔어요.
     我為了吃辣炒年糕而來到了韓國。

     （通常僅需要保留前文的主語即可，後文的主語可省略。）

3. 在使用「-(으)러」時，需要將重點置於後方的移動動作，而前方使用之動詞，僅是說明移動的目的，且最終不一定有從事前方動詞所代表之行為。

   - 옷을 사러 백화점에 가고 있어요.
     為了買衣服而正在去百貨公司的路上。

     （買衣服為此行之目的，而目前仍在路上，所以應著重於「가다」（去）。）

   - 돈을 찾으러 은행에 왔어요.
     為了領錢來到了銀行。

     （此句的「-았-/-었-/-였-」表示動作「오다」（來）之完成，主語確實已到達銀行，但「돈을 찾다」（領錢）僅為此行之目的，之後是否可領到錢、是否已經領到錢，或是否正在領錢則不得而知。）

延伸補充：

1. 在一些狀況下，為簡短句子，或是在對句子進行倒裝處理的情況時，可省略
    「-(으)러」後方之移動動詞；若聽者為長輩或社會地位較高的人，必須加上
    「요」。

    - 인천 차이나타운에 왔어요. 짜장면을 먹으러요.
      我來到了仁川中國城，為了吃炸醬麵。

      （此句進行了倒裝處理，因此後文強調目的是「짜장면을 먹다」（吃炸
      醬麵）。）

    - 너 왜 학교에 와? 밥을 먹으러?
      你為何來學校？為了吃飯嗎？

      （由於前文已有「오다」（來），為簡化句子使話語更為簡單明瞭，因
      此省略後文「-(으)러」後方之移動動詞。）

    - A: 무엇을 하러 왔어요?
        為何而來呢？
      B: 친구를 만나러요.
        為了見朋友。

      （當答句僅需要回答問句中所詢問之目的時，亦可省略「-(으)러」後方
      的移動動詞。至於當聽者是需要被尊敬的對象時，則必須在「-(으)러」
      後方加上「요」。）

句型結合實例：

1. -아/어/여 주다 + -(으)러

    - 저를 도와주러 왔어요?
      為了幫我而來的嗎？

2. -아/어/여 보다 + -(으)러

    - 물회를 먹어 보러 포항에 갈 거예요.
      為了吃吃看涼拌醬汁生魚片而要去浦項。

A1-2 -(으)려고

解　　釋：表示主語之意圖、目的，並為實現其意圖或目的而做出相關行動。

中文翻譯：想……而……、打算……而……、要……而……

結構形態：連結語尾。

結合用例：

與「動詞」結合時			
공부하다	공부하려고	돕다	도우려고*
읽다	읽으려고	웃다	웃으려고
만들다	만들려고*	짓다	지으려고*
닫다	닫으려고	쓰다	쓰려고
듣다	들으려고*	자르다	자르려고
입다	입으려고	놓다	놓으려고

用　　法：

1. 此句型表示主語有做某事的意圖、目的，為達成該意圖或目的進而做出其他相關行動。強調貝有進行某行為、事情之想法與念頭，目的之實現與否則不得而知。

   - 수스를 사려고 슈퍼마켓에 갈 거예요.
     想買果汁而要去超市。

   - 저녁에 먹으려고 고기를 샀어요.
     打算在晚上吃而買了肉。

   > 🔍 「-(으)려고」前方之內容，為後方行動、行為之目的。

2. 由於「-(으)려고」牽涉做某事之意圖，因此前方僅與動詞結合，且不以命令句、共動句呈現。

- 시내에 가려고 버스를 탔어요.
  想要去市區而搭了公車。

- 나랑 싸우려고 이러는 거야?
  是想跟我吵架才這樣嗎？

3. 在使用此句型時，前後文之主語必須一致，若並未在句子中看到主語，則代表主語已被省略。

- 친구를 만나려고 공원에 갔어요.
  要見朋友而去了公園。

  （由於見朋友的主語與去公園的主語相同，因此省略了主語，即行為者。）

- 네가 살을 빼려고 운동을 열심히 했잖아.
  你不是為了想減肥而認真地運動了嘛。

  （由於前後文主語相同，僅需要保留前文的主語即可，後文的主語則省略。）

延伸補充：

1. 「-(으)려고」在口語中作為答句時，由於「為達成該目的而做出之其他行動」已在對方詢問時提及，因此回答時可將後方之內容予以省略。

- A: 왜 선물을 샀어요?
  為什麼買了禮物呢？
- B: 친구한테 주려고요.
  要送給朋友。

  （當聽者是需要被尊敬的對象時，則必須在「-(으)려고」後方加上「요」。）

2. 此句型表示為達成前文內容之目的，正在或已經做出其他行動，因此不與未來相關表現一同使用。

- 책을 읽으려고 도서관에 갔어요.
  打算看書而去了圖書館。

- 집을 사려고 돈을 모으고 있어요.
  想要買房子而正在存錢。

句型結合實例：

1. -아/어/여 주다 + -(으)려고

- 직접 케이크를 만들어 주려고 마트에 가서 재료를 샀어요.
  打算親自做蛋糕給他而去超市買了材料。

2. -아/어/여 보다 + -(으)려고

- 담배를 끊어 보려고 노력하는 중이에요.
  正在努力試著戒菸。

A1-3 -기 위해서 ; 을/를 위해서

解　　釋：表示為了某人、事、物著想，或為了達成某目標而做出行動。

中文翻譯：為了……而……

結構形態：由具「為了」之意的「위하다」，與表示先後順序之「-아/어/여서」結合而成，可推知緊連此句型後方之詞性為動詞。

結合用例：

與「動詞」結合時			
공부하다	공부하기 위해서	돕다	돕기 위해서
읽다	읽기 위해서	웃다	웃기 위해서
만들다	만들기 위해서	짓다	짓기 위해서
닫다	닫기 위해서	쓰다	쓰기 위해서
듣다	듣기 위해서	자르다	자르기 위해서
입다	입기 위해서	놓다	놓기 위해서

與「名詞」結合時			
학생	학생을 위해서	학교	학교를 위해서

用　　法：

1. 此句型若與動詞一同使用，則必須在動詞語幹後方接上「-기 위해서」，表示為了達成該目標、動作而做出實際努力。

   - 좋은 회사에 취직하기 위해서 한국어를 배워요.
     為了在好的公司就業而學韓語。

- 살을 빼기 위해서 밥을 조금만 먹고 있어요.
  為了減重而只吃一點飯。

  > 🔍 「-기 위해서」的前方為需要達成之目標,或是行動、行為之目的。

2. 若與名詞一同使用,則必須在名詞後方接上「**을/를 위해서**」,表示為了該名詞而進行後續的動作或行為;然而,並非所有名詞皆適用此用法。

- 공무원은 나라를 위해서 일하는 사람이에요.
  公務員是為了國家而工作的人。

- 중간시험을 위해서 열심히 공부했어요.
  為了期中考試而努力讀書了。

  > 🔍 「을/를 위하다」前方之名詞,通常是備受景仰尊崇、受到保護、地位甚高、佔心中很大比例,或是很重要之人、事、物。

3. 「위해서」由「위하다」與「-아/어/여서」結合而成,而「-아/어/여서」中之「서」本身可被省略,故「위해서」亦可作「위해」;而「위해」本身亦為「위하여」的簡化,因此「위해서」亦可作「위하여」。

- 건강해지기 위해 운동을 해야 돼요.
  為了變得健康而必須運動。

  (此處之「건강해지다」(變健康)為動詞,是「건강하다」與「-아/어/여지다」結合而成,經過形容詞動詞化處理。)

- 건강을 위하여 (건배합시다).
  為了健康 (而乾杯吧)。

  (是韓國人舉杯敬酒時說的話語,此時通常會省略後面的「건배합시다」。)

延伸補充：

1. 「動詞語幹-기 위해서」不僅表達為了達成目標而努力實行，更強調為了達成目的、目標所做之犧牲與奉獻，因此在口語上，不常使用在較瑣碎之小事、行為上；相反地，「名詞을/를 위해서」則較無此限制。

- 선생님이 되기 위해 공부를 열심히 하고 있어요.
  為了成為老師，而正努力用功。

- 너를 위해서 한 일이야.
  這是為了你而做的事情。

2. 「위하다」除了與「-아/어/여서」結合之外，亦常與「-(으)ㄴ」結合作「위한」，所衍伸之句型樣貌為「動詞語幹-기 위한」、「名詞을/를 위한」；當句型後方接上名詞時，分別帶有「為達成某目標而做的……」、「專門、專為……著想的……」之含意。

- 미래를 위한 투자입니다.
  是為了未來而做的投資。

- 이 책은 외국인 학습자를 위한 책이에요.
  這本書是專為外國人學習者而寫的書。

句型結合實例：

1. -아/어/여 주다 + -기 위해서

- 생일을 축하해 주기 위해 다 모였어요.
  為了慶祝生日而全都聚在一起了。

A1-4 -겠-[1]

解　　釋：表達主語的強烈意志，或表示委婉、謙恭。

中文翻譯：要……、一定要……、一定會……

結構形態：先語末語尾。前方接上語幹，後方接上語末語尾。

結合用例：

與「動詞」結合時			
공부하다	공부하겠-	돕다	돕겠-
읽다	읽겠-	웃다	웃겠-
만들다	만들겠-	짓다	짓겠-
닫다	닫겠-	쓰다	쓰겠-
듣다	듣겠-	자르다	자르겠-
입다	입겠-	놓다	놓겠-

用　　法：

1. 表示主語之意志，僅能與第一人稱、第二人稱一同使用。實際使用時，會依據人稱而有些許不同之含意、用法。

   - 제가 먼저 하겠어요.
     我要先做。
     （當主語為第一人稱時，為表明自己的強烈意志。）

   - 어디로 가시겠어요?
     您要往哪裡走呢？
     （當主語為第二人稱時，表示謙恭地詢問對方意圖。）

2. 使用於第一人稱時，為表示強烈意志，因此常用於表達話者自己的決心、允諾，甚至帶有些許「不顧一切反對、阻礙」之態度；同時，在表達時，為加強意圖、決心之強度，亦常以表示「必定、絕對」之副詞修飾，如「꼭」（一定）、「반드시」（必定）等，且較不常與瑣碎之事一同使用。

- 이번에는 술을 꼭 끊겠습니다.
  這次一定要把酒給戒了。

  （表達話者自己的決心。）

- 예, 열심히 공부하겠습니다.
  好的，我一定會認真讀書。

  （表達話者回應他人之允諾，同時表示會實踐允諾之意志、決心。）

3. 使用於第二人稱時，為詢問聽者之意志、意願，且通常具謙恭、委婉之態度，因此常用於「對聽者表示尊敬」、「請求他人協助」等情況，亦可用於「委婉地命令聽者」。

- 이제 안으로 들어가시겠습니까?
  現在請您進到裡面。（現在要進去了嗎？）

  （看似詢問對方之意願，實際上是以委婉之方式命令對方。）

- 사진을 좀 찍어 주시겠어요?
  請您幫我拍一下照。（要幫我拍照嗎？）

  （請求對聽者之協助，表示謙恭。）

4. 「-겠-」作為「意志」用法時，由於牽涉到行為意志，因此僅與動詞結合，且無法搭配過去時制使用。

- 저는 꼭 한국으로 유학을 가겠어요.
  我一定要去韓國留學。

- 주문하시겠어요?
  您要點餐了嗎？

延伸補充：

1. 在實際使用時，也可利用此句型作為「表達正式、嚴謹」、「表達話者自身之委婉態度」、「慣用表現」等用途，與意志較無關聯。

- 다음은 대통령의 연설이 있겠습니다.
  接下來有總統的演說。

  （在正規、正式、較嚴謹之場合中以「宣布」之方式使用，以表達嚴謹、制式。）

- 잘 모르겠는데요.
  不太清楚耶。

  （以委婉之方式表達，以避開「過度明確」之詞彙。）

- 아, 미치겠다. 진짜.
  啊，快瘋了。真的是。

  （慣用表現，常與「미치다」（發瘋）、「죽다」（死）等詞彙一同使用。）

句型結合實例：

1. -아/어/여 주다 + -겠-

- 진실을 말하면 용서해 주겠어.
  如果你說實話的話，我一定會原諒你。

2. -아/어/여 보다 + -겠-

- 생각을 좀 해 보겠어요.
  我要稍微想一下。

A1-5 -(으)ㄹ 것이다 [1]

解　　　釋：表達對之後行動之預定，同時表露出主語之意志。

中文翻譯：會……、要……

結構形態：由冠形詞形語尾「-(으)ㄹ」、依存名詞「것」，與具「是」含意的「이다」結合而成。

結合用例：

與「動詞」結合時			
공부하다	공부할 것이다	돕다	도울 것이다＊
읽다	읽을 것이다	웃다	웃을 것이다
만들다	만들 것이다＊	짓다	지을 것이다＊
닫다	닫을 것이다	쓰다	쓸 것이다
듣다	들을 것이다＊	자르다	자를 것이다
입다	입을 것이다	놓다	놓을 것이다

用　　　法：

1. 表示主語之意志，僅能與第一人稱、第二人稱一同使用，廣泛用於欲表達「之後行動」之情形。由於牽涉到行為意志，因此僅能與「動詞」結合，且使用時會依據人稱而有些許不同之用法。

   - 내일부터 공부를 열심히 할 것이에요.
     從明天開始，我要認真地讀書。

     （主語為第一人稱，告知聽者自己之後的行動，同時包含話者之意志。）

- 겨울방학 때 무엇을 할 것입니까?

  寒假的時候，你要做什麼呢？

  （主語為第二人稱，詢問聽者之後的行動，同時亦詢問聽者之意志。）

2. 使用於第一人稱時，表示預定、預計從事某行為，同時包含話者自身之意志。為單純地敘述之後的計畫，且該行動已確定會實行。

- 오늘 저녁에 떡볶이를 먹을 거예요.

  我今天晚上要吃辣炒年糕。

- 싫어. 안 갈 거야.

  不要，我不會去的。

3. 使用於第二人稱時，為詢問聽者是否有預定、預計從事某行為之意志。

- 도와줄 거예요?

  你會幫我嗎？

- 이따가 무엇을 할 거예요?

  你等一下要做什麼呢？

4. 「것」在口語中常作「거」，因此「-(으)ㄹ 것이다」常被使用作「-(으)ㄹ 거(이)다」。此時需要特別留意「이다」與語尾結合時之變化。

- 내년에 졸업하면 한국으로 돌아갈 겁니다.

  我明年畢業的話會回韓國。

- 밥을 안 먹을 거야?

  你不要吃飯嗎？

句型結合實例：

1. -아/어/여 주다 + -(으)ㄹ 것이다

   - 국수를 언제 먹게 해 줄 거예요?
     什麼時候才要讓我們吃您的喜酒呢？

2. -아/어/여 보다 + -(으)ㄹ 것이다

   - 한번 해 볼 거야?
     你要試一次看看嗎？

A1-6 -(으)려고 하다

解　　釋：表示主語的意圖。

中文翻譯：想……、打算……

結構形態：由表達意圖之「-(으)려고」與動詞「하다」結合而成。

結合用例：

與「動詞」結合時			
공부하다	공부하려고 하다	돕다	도우려고 하다*
읽다	읽으려고 하다	웃다	웃으려고 하다
만들다	만들려고 하다*	짓다	지으려고 하다*
닫다	닫으려고 하다	쓰다	쓰려고 하다
듣다	들으려고 하다*	자르다	자르려고 하다
입다	입으려고 하다	놓다	놓으려고 하다

用　　法：

1. 此句型表示主語有做某事的意圖，且尚未開始行動，強調懷有做某行為、事情的想法與念頭。若想表達對做某事僅止於希望之期盼心理，或確定某行動必定會實行時，則不能使用此句型。

   - 내일 책을 읽으려고 해요.
     打算明天讀書。
     （對讀書一事表達較簡單、較隨意之想法，同時將此想法向聽者說明。）

- 내년에 유학을 가려고 해요.
  打算明年去留學。

  （僅表示對去留學一事之想法與念頭。若已確定會如期留學，則不適用此句型。）

2. 由於「-(으)려고 하다」牽涉到做某事之意圖，因此前方僅能與動詞結合，且不能以命令句、共動句呈現。

- A: 올해 졸업하는 거예요?
    今年畢業嗎？
- B: 네, 올해 졸업할 거예요.
    對，今年會畢業。

  （若該行動或事件已確定會實現，則可使用其他句型回答。）

- A: 졸업하면 무엇을 할 거예요?
    畢業之後要做什麼呢？
- B: 직장을 구하려고 해요.
    打算找工作。

  （反之，若該行動或事件之實行僅為想法或念頭，不確定是否真的會行動，則可使用「-(으)려고 하다」回答。）

延伸補充：

1. 口語使用時，常會於前方動詞加上「ㄹ」收尾音，作「-(으)ㄹ려고 하다」，且常省略「하다」作「-(으)려고」或「-(으)ㄹ려고」。

- A: 언제 갈려고?
    打算什麼時候去啊？
- B: 금요일에 가려고요.
    想星期五去。

  （當聽者是需要被尊敬的對象時，且當下省略「하다」，則必須在「-(으)려고」後方加上「요」。）

2. 「-(으)려고 하다」後方若與過去形先語末語尾「-았-/-었-/-였-」結合時，通常表示該行動或事件並未實現，也就是雖然曾有實行之想法或念頭，但因其他原因導致未能付諸行動。

- 어제 청소하려고 했지만 시간이 없었어요.
  原本打算昨天打掃的，但是沒有時間。
  （原先預定完成打掃之時間為昨天，但並未達成，且通常現在並未有實行打掃之想法。）

句型結合實例：

1. -아/어/여 보다 + -(으)려고 하다

- 건강을 위해서 운동을 시작해 보려고 합니다.
  為了健康，我打算開始嘗試運動。

2. -아/어/여 주다 + -(으)려고 하다

- 친구 생일이니까 맛있는 것을 만들어 주려고 해요.
  因為是朋友的生日，打算為他做好吃的。

A1-7 -(으)ㄹ래(요)

解　　釋：表現主語具有做某事情之意圖、意志。

中文翻譯：要……、想……

結構形態：此句型屬口語用法，無法與格式體終結語尾結合。當聽者是需要被尊敬的對象時，會在後方加上「요」。

結合用例：

與「動詞」結合時			
공부하다	공부할래(요)	돕다	도울래(요)*
읽다	읽을래(요)	웃다	웃을래(요)
만들다	만들래(요)*	짓다	지을래(요)*
닫다	닫을래(요)	쓰다	쓸래(요)
듣다	들을래(요)*	자르다	자를래(요)
입다	입을래(요)	놓다	놓을래(요)

用　　法：

1. 對未來某事情或動作表達欲進行、實行之強烈意志與意願，且有時含有些許「未顧及他人想法」之態度，因此常使用於與聽者較親密、要好之關係時。

- 제가 먼저 갈래요.
  我要先走了。

- 저는 닭강정을 먹을래요.
  我要吃糖醋炸雞。

> 🔍 兩句皆表達了自身之意志，且並未含有希望、盼望之含意。

2. 由於「-(으)ㄹ래(요)」牽涉到主語之意志,故前方僅能與動詞結合。

- 선생님이 가면 저도 갈래요.
  如果老師去的話我也要去。

- 우리 같이 운동할래요?
  要一起運動嗎?

  (雖然將「우리」(我們)放入句中,但實際上僅為詢問聽者的意願而已,並未有詢問話者自身意願的成分;而「같이」(一起)的部分,亦僅為針對「우리 같이 운동하다」(我們一起運動)這件事情詢問對方意願而已,屬於描述此事件之一部分。)

3. 主語若為第一人稱時,以陳述句呈現;若為第二人稱時,則會以疑問句呈現。不可與第三人稱一同使用,且並無命令句及共動句之形態。

- 제임스 씨가 갈래요?
  詹姆士先生(你)要去嗎?

  (在韓語的敬語體系中,通常不使用「你」,而是直接稱呼對方的職稱或尊稱,所以此時同樣為第二人稱,而非第三人稱。)

- 아이스 아메리카노를 마실래요?
  你要喝冰美式嗎?

  (此句並非詢問對方尚未發生之計畫或行動,僅詢問對方的意志與意願。)

延伸補充：

1. 由於此句型是要向聽者表達較為強烈的意志，正如同在說中文時，若「我要⋯⋯，我要⋯⋯，我要⋯⋯」過度頻繁地連續使用，難免給人一種較為自我為中心之感覺。

   - 나 화장실 갈래.
     我要去廁所。

     （此句為對「화장실 가다」（去廁所）此行為表達意志、意圖，而非單純地對事實進行描述。）

2. 「-(으)ㄹ래요」偶爾會與一些較負面之詞彙結合，例如。通常用於脅迫他人，或是朋友間開玩笑之情形。

   - 너 정말 한 대 맞을래?
     你真的想挨一拳嗎？

   - 죽을래?
     你是想找死嗎？

   > 🔍 此句型為包含意志含意的句型，但一般人通常不會想遭受到不好的事情，因此幾乎僅在特殊情況下才會使用。

句型結合實例：

1. -아/어/여 주다 + -(으)ㄹ래요

   - 조용히 좀 해 줄래?
     能不能安靜一點？

2. -아/어/여 보다 + -(으)ㄹ래요

   - 어렵지 않은데 한번 해 볼래요?
     這不難，要試一次看看嗎？

A1-8 -(으)ㄹ까 하다

解　　釋：表示話者具有些許想做某事情之想法、意向。

中文翻譯：想……、想……一下

結構形態：由表達推測、可能性的「-(으)ㄹ까」與動詞「하다」結合而
　　　　　成，可推斷此句型所涉及想法之確定度並不會太高。

結合用例：

<table>
<tr><td colspan="4">與「動詞」結合時</td></tr>
<tr><td>공부하다</td><td>공부할까 하다</td><td>돕다</td><td>도울까 하다*</td></tr>
<tr><td>읽다</td><td>읽을까 하다</td><td>웃다</td><td>웃을까 하다</td></tr>
<tr><td>만들다</td><td>만들까 하다*</td><td>짓다</td><td>지을까 하다*</td></tr>
<tr><td>닫다</td><td>닫을까 하다</td><td>쓰다</td><td>쓸까 하다</td></tr>
<tr><td>듣다</td><td>들을까 하다*</td><td>자르다</td><td>자를까 하다</td></tr>
<tr><td>입다</td><td>입을까 하다</td><td>놓다</td><td>놓을까 하다</td></tr>
</table>

用　　法：

1. 表達有從事某動作的想法，通常是在話者突然想到、一時興起、隨口說說，
   或沒有實際計畫之狀況下使用，且該想法隨時可能會被更動，不具有確定
   性。不適用在已有縝密計劃或已付諸行動的情況。

   - 다음 주에 양밍산에 갈까 해요.
     下星期想去一下陽明山。

   - 수업이 끝나고 바로 집에 갈까 해요.
     課程結束後想就直接回家。

2. 「-(으)ㄹ까 하다」牽涉到意向,前方僅與動詞語幹結合,且無法用於推測他人之意圖,因此通常用於第一人稱,且常省略主語。

- 할 일이 없어서 카페에 가서 커피 한잔을 마실까 해요.
  沒事做,所以想去咖啡廳喝杯咖啡。

- 점심을 먹고 낮잠을 잘까 해요.
  吃完午餐後想來睡個午覺。

  🔍 在使用此句型時,抱持有某行為想法之主語為自己,且主語不在句中呈現。

延伸補充:

1. 本句型雖陳述對未來的可能性與想法,但同時亦可在「-(으)ㄹ까 하다」後方接上先語末語尾「-았-/-었-/-였-」寫作「-(으)ㄹ까 했다」,此時表示「在過去當時、原先有做某事的想法」。

- 나가서 먹을까 했어요. 그런데 귀찮아서 그냥 집에서 먹었어요.
  原先想出去吃,但因為很麻煩就在家吃了。

- 간만에 시내에 들를까 했는데…
  本來想很久沒去市區,要去一下的……。

  🔍 由於是在敘述過去的想法與意向,通常會在後方補充未實踐之原因,而且就算並未直接說明,亦時常隱含其他含意、語感。

2. 「-(으)ㄹ까 하다」僅表達話者具有做某事之想法、意向,並未有「煩惱、懊惱、遲遲下不了決定」的意思,而「-(으)ㄹ까 말까 하다」則具備了該含意,明確表達了煩惱究竟是否要實行的心理狀態、心路歷程。

- 교환학생을 갈까 말까 고민하고 있어요.
  在煩惱究竟要不要去交換學生。

- 회사를 옮길까 말까 생각 중이에요.

  在思考到底要不要換公司。

> 🔍 使用「-(으)ㄹ까 말까 하다」時已非單純地表達想法，而是表達為衡量好處及壞處，心中正處於難以抉擇之狀態。此時的「하다」亦常以具有「煩惱、思考」等含義之動詞取代。

句型結合實例：

1. -아/어/여 보다 + -(으)ㄹ까 하다 + -는/(으)ㄴ데(요)

- 한번 용기를 내서 도전해 볼까 하는데요.

  在想要不要鼓起勇氣挑戰看看。

A1-9 -고 싶다

解　　釋：表現主語的希望、欲望與懇切期盼。

中文翻譯：好想要……、希望能……

結構形態：此處之「싶다」為補助形容詞，後方接上其他表現時，須同形容詞般地變化。

結合用例：

與「動詞」結合時			
공부하다	공부하고 싶다	돕다	돕고 싶다
읽다	읽고 싶다	웃다	웃고 싶다
만들다	만들고 싶다	짓다	짓고 싶다
닫다	닫고 싶다	쓰다	쓰고 싶다
듣다	듣고 싶다	자르다	자르고 싶다
입다	입고 싶다	놓다	놓고 싶다

用　　法：

1. 此句型適用於「不考慮該事情之可行性」時，僅表達對該事情或行為的希望與期盼。若該事件與行為已確定會實行，或已對其做好實踐之規劃，則不適用此句型。

   • 빨리 해외여행을 가고 싶어요.
     好想要快點去國外旅行喔。

   （當下不考慮現實狀況是否可行，純粹表達自己的希望或願望。）

- 6시에 퇴근하고 싶어요.

  好想要 6 點下班喔。

  （在使用此句型時，由於不與事實、已確定會發生之情形搭配使用，因此在說這句話的時候，應帶有「看樣子今天應該無法6點下班」的想法，同時述說自己的渴望與願望。）

2. 由於「-고 싶다」牽涉到對動作與事件之希望、渴望，故前方僅與動詞結合。

- 저도 날씬해지고 싶어요.

  我也好想變苗條喔。

  （此處之「날씬해지다」（變苗條）為動詞，是由「날씬하다」與「-아/어/여지다」結合，並經過形容詞動詞化之處理。）

3. 「-고 싶다」後方接上先語末語尾「-았-/-었-/-였-」，作「-고 싶었다」時，則表示在過去當時時間點的希望。同時，若過去的希望與懇切現今已實現，亦與「-았-/-었-/-였-」一同使用。

- 너무 보고 싶었어요.

  真的太想念了。

  （向聽者說此句話時，通常已經見到之前想見之人，只是在此表達過去那段期間想與對方見面之渴望與懇切期盼。）

- 그때는 선생님이 되고 싶었어요.

  那時想要成為老師。

  （表示當時想要成為老師，只是單純敘述當時的希望或願望。僅憑藉此句，無法知曉現在是否已成為老師。）

延伸補充：

1. 「-고 싶다」前方若有作為受語之名詞，則該名詞後方之助詞可為「이/가」
   或是「을/를」，但作為主語之名詞後方，仍不可接上「을/를」。

   - 저는 맛있는 케이크를 먹고 싶어요.
     我好想吃好吃的蛋糕喔。

   - 저는 맛있는 케이크가 먹고 싶어요.
     我好想吃好吃的蛋糕喔。

   > 🔍 兩句意義相同，惟此處之「를」是依據身為動詞的「먹다」
   > （吃）使用，「가」則是依據身為補助形容詞的「싶다」（想）
   > 使用。

2. 此句型牽涉到主語個人之盼望等情感部分，且由於「싶다」為補助形容詞，
   若句子的主語為第三人稱時，則必須使用「-고 싶어 하다」。另外，此時
   的「하다」為補助動詞，在前方身為受語之名詞後，僅能接上助詞「을/
   를」。

   - 아저씨가 치킨을 팔고 싶어 해요.
     大叔想要賣炸雞。

   - 그 아줌마는 원래 순대를 팔고 싶어 했어요.
     那個大嬸原本是想要賣豬血腸的。

   > 🔍 此時的「를」無論是考量「팔다」（賣）或「싶어 하다」
   > （想），兩者皆為動詞，因此「치킨」（炸雞）、「순대」（豬
   > 血腸）後方僅能使用受格助詞。

句型結合實例：

1. -고 싶다 + -는/-(으)ㄴ/-(으)ㄹ

   - 공부하고 싶은 마음이 조금도 없어요.
     一點都沒有想讀書的心。

2. -아/어/여 보다 + -고 싶다

   - 나도 이렇게 예쁜 곳에서 살아 보고 싶어.
     我也想生活在這麼漂亮的地方看看。

A1-10 -았/었/였으면 좋겠다

解　　　釋：表現對尚未實現，或與現狀相反之事的期盼、希望。

中文翻譯：如果真的……就好了、要是……就好了、真希望……

結構形態：表達條件、假設的「-(으)면」，再加上表示「好」之意的「좋다」，此句型之含意乃由此衍伸。

結合用例：

與「動詞」結合時			
공부하다	공부했으면 좋겠다*	돕다	도왔으면 좋겠다*
읽다	읽었으면 좋겠다	웃다	웃었으면 좋겠다
만들다	만들었으면 좋겠다	짓다	지었으면 좋겠다*
닫다	닫았으면 좋겠다	쓰다	썼으면 좋겠다*
듣다	들었으면 좋겠다*	자르다	잘랐으면 좋겠다*
입다	입었으면 좋겠다	놓다	놓았으면 좋겠다

與「形容詞」結合時			
따뜻하다	따뜻했으면 좋겠다*	좁다	좁았으면 좋겠다
아니다	아니었으면 좋겠다	춥다	추웠으면 좋겠다*
같다	같았으면 좋겠다	낫다	나았으면 좋겠다*
좋다	좋았으면 좋겠다	바쁘다	바빴으면 좋겠다*
없다	없었으면 좋겠다	빠르다	빨랐으면 좋겠다*
길다	길었으면 좋겠다	이렇다	이랬으면 좋겠다*

與「名詞이다」結合時			
학생이다	학생이었으면 좋겠다	학교이다	학교였으면 좋겠다

用　法：

1. 可與動詞、形容詞、名詞이다結合，表達對未來尚未實現事件的極其盼望或懇切期待。常使用於對事情之期望、假設，且該期望時常與現況、事實相反。

- 대만의 여름이 짧았으면 좋겠어요.
  要是臺灣的夏天很短就好了。

  （與事實相反。）

- 너도 같이 갔으면 좋겠네.
  真希望你也可以一起去。

  （對對方一起去之事表達懇切的希望。）

2. 此句型與名詞이다結合時，則有「如果是……就好了」之意。

- 나도 부자였으면 좋겠다.
  如果我是有錢人就好了。

- 그분이 우리 담임 선생님이었으면 좋겠어요.
  如果那位是我們導師就好了。

  > 🔍 如同中文翻譯需要用到「是」，對應到韓語中的「이다」，「-았/었/였으면 좋겠다」前方不可直接與名詞結合。

延伸補充：

1. 「-았/었/였으면 좋겠다」中雖含有與過去、完成有關之先語末語尾「-았-/-었-/-였-」，但並未包含該先語末語尾原本具備的含意，所以可視為更加強調其盼望或希望即可。亦可將其省略後，變作「-(으)면 좋겠다」，惟話者對事件盼望、希望之程度略降。

- 제 친구도 같이 가면 좋겠어요.
  希望我的朋友也一起去。

- 오늘 숙제가 없으면 좋겠어요.
  希望今天沒有作業。

2. 「-았/었/였으면 좋겠다」亦可以「-았/었/였으면 하다」之樣貌呈現，意思並無改變。

- 코로나19가 하루빨리 끝났으면 해요.
  真希望 COVID-19 儘快結束。

句型結合實例：

1. -아/어/여지다 + -았/었/였으면 좋겠다

- 날씨가 빨리 좋아졌으면 좋겠어요.
  真希望天氣快一點變好。

2. -(으)ㄹ 수 있다 [없다] + -았/었/였으면 좋겠다

- 꼭 만날 수 있었으면 좋겠습니다.
  真的很希望可以見到面。

A2-1 -겠-²

解　　釋：表達依據當下之體驗、想法，對某事件、狀態進行主觀性之推測。

中文翻譯：肯定……、一定……

結構形態：先語末語尾。前方接上語幹，後方接上語末語尾。

結合用例：

與「動詞」結合時			
공부하다	공부하겠-	돕다	돕겠-
읽다	읽겠-	웃다	웃겠-
만들다	만들겠-	짓다	짓겠-
닫다	닫겠-	쓰다	쓰겠-
듣다	듣겠-	자르다	자르겠-
입다	입겠-	놓다	놓겠-

與「形容詞」結合時			
따뜻하다	따뜻하겠-	좁다	좁겠-
시다	시겠-	춥다	춥겠-
같다	같겠-	낫다	낫겠-
좋다	좋겠-	바쁘다	바쁘겠-

없다	없겠-	빠르다	빠르겠-
길다	길겠다	그렇다	그렇겠-

與「名詞이다」結合時			
학생이다	학생이겠-	학교이다	학교(이)겠-

用　法：

1. 表達對事物、狀態之推測。話者依據當下現場感受到的體驗、直覺性的想法，做出較具主觀性、反射性之推測。在實際使用狀況中另具人稱、詞性上之限制，且在一般狀況下，僅以陳述句呈現。

   - 맛있겠어요.
     一定很好吃。

     （透過當下視覺、嗅覺等感官體驗，做出主觀性的推測。）

   - 수업 시간이니까 학교에 있겠지.
     因為是上課時間，肯定在學校吧。

     （透過直覺性的想法，做出具主觀性、反射性之推測。）

2. 與動詞一同使用時，可對第二人稱、第三人稱進行推測。由於並未有話者需藉當下之體驗，並對自身動作做出推測之情形，因此在與動詞使用時，並未存在對第一人稱之推測。

   - 너 이번에는 성공하겠어.
     你這次肯定會成功。

     （對第二人稱之行為進行推測。）

   - 곧 비가 오겠어요.
     肯定馬上就會下雨了。

     （對第三人稱之動作進行推測。）

3. 與形容詞、名詞**이다**一同使用時，可對第一人稱、第二人稱、第三人稱進行推測。其中，在與名詞**이다**結合時，若名詞最後一字無收尾音，則常將「**이**」省略。

- 나도 이 옷을 입으면 예쁘겠지?
  我穿上這件衣服的話，肯定也會很漂亮吧？
  （對第一人稱之狀態進行推測。）

- 너 기분이 나쁘겠네.
  你心情肯定很糟呢。
  （對第二人稱之狀態進行推測。）

- 저렇게 꼭꼭 숨기는 것을 보니, 저건 내 생일 선물이겠어.
  藏得那麼緊，那肯定是我的生日禮物。
  （對第三人稱之性質進行推測。）

4. 「**-겠-**」作為「推測」用法時，可對任何時間之動作、狀態進行推測。若欲對過去之行為、狀態作推斷時，可於「**-겠-**」前方加上先語末語尾「**-았-/-었-/-였-**」，作「**-았/었/였겠-**」；若欲對未來之行為、狀態作推測時，則需要倚賴前後文、當時狀況，另外添加時間相關表現表示即可。其他另可對事物之動作、狀態進行更進一步描述之表現亦可與此句型一起使用。

- 저 사람은 젊었을 때도 예뻤겠어요.
  那個人在年輕的時候肯定也很漂亮。
  （對過去之狀態進行推測。）

- 내일 바람이 많이 불겠다.
  明天風肯定會很大。
  （對未來之狀況進行推測。）

- 공부하고 있겠네.
  肯定正在讀書呢。
  （對正在進行中之狀況進行推測。）

延伸補充：

1. 通常使用「-겠-」對事物、狀態進行推測時，會表現出「話者對事物或狀態較強之肯定性」，但由於屬於較為主觀之判斷，且並未持可信之經驗、資訊作為判斷依據，所以實際上與事實可能較有所出入。

- 이번에는 우리 팀이 이기겠다.
  這次肯定是我們這隊獲勝。

- A: 아이고, 아프겠다.
  哎呀，一定很痛。

- B: 아니, 하나도 안 아파.
  不會啊，一點都不會痛。

> 🔍 並未有客觀性之資料、證據作為推斷之根據，所以雖然呈現話者強烈之肯定感、當然感，但仍然有與事實不相符之可能。

2. 此句型常以話者自言自語之方式呈現，且多以「-겠다」之結尾方式呈現。

- 친구가 이 선물을 받으면 엄청 좋아하겠다.
  朋友收到這個禮物的話，一定會很喜歡。

- 좋겠다. 나도 가고 싶어.
  肯定會很好玩，我也好想去。

句型結合實例：

1. -고 있다 + -겠- + -네(요)

- 그 사람은 아직도 너를 기다리고 있겠네.
  那個人到現在，肯定仍等著你呢。

2. -아/어/여 주다 + -겠- + -지(요)?

- 친한 친구니까 도와주겠지요?
  因為是要好的朋友，肯定會幫忙吧？

A2-2 -(으)ㄹ 것이다²

解　　釋：表達依據過去經驗作為根據，對某事件、狀態進行客觀性之推斷。

中文翻譯：應該……、會……

結構形態：由冠形詞形語尾「-(으)ㄹ」、依存名詞「것」，與具「是」含意的「이다」結合而成。

結合用例：

與「動詞」結合時			
공부하다	공부할 것이다	돕다	도울 것이다*
읽다	읽을 것이다	웃다	웃을 것이다
만들다	만들 것이다*	짓다	지을 것이다*
닫다	닫을 것이다	쓰다	쓸 것이다
듣다	들을 것이다*	자르다	자를 것이다
입다	입을 것이다	놓다	놓을 것이다

與「形容詞」結合時			
따뜻하다	따뜻할 것이다	좁다	좁을 것이다
시다	실 것이다	춥다	추울 것이다*
같다	같을 것이다	낫다	나을 것이다*
좋다	좋을 것이다	바쁘다	바쁠 것이다
없다	없을 것이다	빠르다	빠를 것이다
길다	길 것이다*	그렇다	그럴 것이다*

| 학생이다 | 학생일 것이다 | 학교이다 | 학교일 것이다 |

用　法：

1. 表達對事物、狀態之推測。話者依據過去經驗、背景資訊、客觀性證據作為推定根據，經思考處理後，做出較具「客觀性」之推斷。

   - 저는 내일 사무실에 없을 거예요.
     我明天應該不會在辦公室。

     （根據其他客觀性證據、背景，考量各種狀況後做出的推斷。）

   - 맛있을 거예요.
     應該會很好吃。

     （並非毫無依據之主觀判斷，而是根據食材、過去吃過的經驗、別人的評論等客觀證據作出的推斷。）

2. 可與動詞、形容詞、名詞이다結合，在實際使用時不具人稱、詞性上之限制，且在一般狀況下通常僅以陳述句呈現。

   - 친구도 같이 올 것이니까 걱정하지 마세요.
     朋友應該也會一起來，所以不用擔心。

   - 일기예보를 봤는데 내일 날씨가 좋을 겁니다.
     看了氣象預報，明天天氣應該會很好。

   - 시험은 다음 주일 거예요.
     考試應該是在下週。

3. 「-(으)ㄹ 것이다」作為「推斷」用法時，可對任何時間之動作、狀態進行推測。若欲對過去之行為、狀態作推斷時，可於「-(으)ㄹ 것이다」前方加上先語末語尾「-았-/-었-/-였-」，作「-았/었/였을 것이다」；若欲對未來之行為、狀態作推測時，則需要倚賴前後文、當時狀況，添加「時間」予以補充說明即可。其他另可對事物之動作、狀態進行更進一步描述之表現亦可與此句型一起使用。

- 표정을 보니까 시험을 잘 봤을 거야.
  看他的表情，應該是考得很好。

  （對過去之狀況進行推斷。）

- 이번 겨울은 좀 추울 거예요.
  這個冬天應該會有點冷。

  （對未來之狀態進行推斷。）

- 그녀가 걱정을 하고 있을 거예요.
  她應該正在擔心著。

  （對現在正在進行中之狀況進行推斷。）

4. 欲加強「不確定」之語感，可與副詞「아마」（可能）搭配使用。

- 아마 벌써 다 팔렸을 거예요
  應該早就全都被賣光了吧。

- 저는 내일 아마 갈 거예요.
  我明天應該會去吧。

5. 「것」在口語中常作「거」，因此「-(으)ㄹ 것이다」常被使用作「-(으)ㄹ 거(이)다」。此時需要特別留意「이다」與語尾結合時之變化。

- 나보다 더 좋은 사람을 만날 거야.
  應該會遇到比我更好的人的。

- 가까우니까 30분밖에 안 걸릴 겁니다.
  因為很近，應該花不到 30 分鐘。

延伸補充：

1. 通常使用「-(으)ㄹ 것이다」對事物、狀態進行推斷時，會表現出「話者對事物或狀態較弱之肯定性」，但由於屬於較為客觀之判斷，且持有自身過去經驗、背景資訊作為判斷依據，所以實際上可能與事實較為相符。

   - 이번에는 우리 팀이 이길 거예요.
     這次應該會是我們這隊獲勝。

   - 사장님이 곧 도착하실 겁니다.
     社長應該馬上就會到了。

   > 🔍 雖然呈現話者對事物或狀態的推斷不具有強烈的肯定性，但由於是根據已知經驗、資訊進行推斷，因此與事實相符之可能性高。

2. 此句型作為「推斷」用法時，不僅可對不確定性之事進行陳述，且在對話中亦常呈現「委婉」、「不將話說死」之態度。

   - 글쎄요. 아마 안 될 거예요.
     不好說耶，應該是不行啦。

   - 그 사람의 말이 맞을 거예요.
     那個人的話應該是對的。

句型結合實例：

1. -아/어/여 주다 + -(으)ㄹ 것이다

   - 시간이 모든 것을 증명해 줄 것입니다.
     時間會證明一切的。

A2-3 -는/(으)ㄴ/(으)ㄹ 것 같다

解　　釋：表達對事物之推斷，或確信度較低之判斷、推測。

中文翻譯：好像……、應該……、好像會……、應該會……

結構形態：由冠形詞形語尾「-는/(으)ㄴ/(으)ㄹ」、依存名詞「것」，與
　　　　　　具有「猶如」含意的形容詞「같다」結合而成。

結合用例：

與「動詞」結合時		
하다	하는 것 같다 한 것 같다 할 것 같다	돕다	돕는 것 같다 도운 것 같다* 도울 것 같다*
읽다	읽는 것 같다 읽은 것 같다 읽을 것 같다	웃다	웃는 것 같다 웃은 것 같다 웃을 것 같다
들다	드는 것 같다* 든 것 같다* 들 것 같다*	짓다	짓는 것 같다 지은 것 같다* 지을 것 같다*
닫다	닫는 것 같다 닫은 것 같다 닫을 것 같다	쓰다	쓰는 것 같다 쓴 것 같다 쓸 것 같다
듣다	듣는 것 같다 들은 것 같다* 들을 것 같다*	자르다	자르는 것 같다 자른 것 같다 자를 것 같다
입다	입는 것 같다 입은 것 같다 입을 것 같다	놓다	놓는 것 같다 놓은 것 같다 놓을 것 같다

	與「形容詞」結合時		
엄하다	엄한 것 같다 엄할 것 같다	좁다	좁은 것 같다 좁을 것 같다
시다	신 것 같다 실 것 같다	춥다	추운 것 같다* 추울 것 같다*
같다	같은 것 같다 같을 것 같다	낫다	나은 것 같다* 나을 것 같다*
좋다	좋은 것 같다 좋을 것 같다	바쁘다	바쁜 것 같다 바쁠 것 같다
없다	없는 것 같다 없을 것 같다	빠르다	빠른 것 같다 빠를 것 같다
길다	긴 것 같다* 길 것 같다*	그렇다	그런 것 같다* 그럴 것 같다*

	與「名詞이다」結合時		
학생이다	학생인 것 같다 학생일 것 같다	학교이다	학교인 것 같다 학교일 것 같다

用　　法：

1. 表達對事物之推斷、判斷。是話者對某動作、狀態、性質給予屬較為主觀性之判斷，或具有不確定性之推測、預測。一般狀況下，僅以陳述句呈現。

- 밖에 비가 오는 것 같아요.
  外面好像在下雨。

- 그는 요즘 바쁜 것 같아요.
  他最近好像很忙。

2. 與動詞結合時，若對現在、常態之事件加以推斷，必須使用「-는 것 같다」作「動詞語幹-는 것 같다」；若對過去之動作加以推斷，必須使用「-(으)ㄴ 것 같다」，作「動詞語幹-(으)ㄴ 것 같다」；而若對未來尚未確定之事件加以推斷、推測，則必須使用「-(으)ㄹ 것 같다」作「動詞語幹-(으)ㄹ 것 같다」。

- 공부를 아주 잘하는 것 같네요.
  好像很會讀書呢。
  （對現在之事實加以推斷。）

- 아무래도 네가 잘못한 것 같아.
  不管怎麼說，你好像做錯了。
  （對過去之行為加以推斷。）

- 몸이 아파서 학교에 못 갈 것 같아요.
  因為身體不舒服，好像不能去學校的樣子。
  （對未來尚未確定之狀況加以推測、預測。）

3. 與形容詞、名詞이다結合時，若對現在、常態之狀態加以推斷，必須使用「-(으)ㄴ 것 같다」作「形容詞語幹-(으)ㄴ 것 같다」、「名詞인 것 같다」；若對尚未體驗、確定之狀態加以推斷、推測，則必須使用「-(으)ㄹ 것 같다」作「形容詞語幹-(으) ㄹ 것 같다」、「名詞일 것 같다」。

- 피곤한 것 같은데 좀 쉬었다가 가자.
  好像有一點累，稍微休息一下再走吧。
  （對現在之狀態加以推斷。）

- 그건 제 태블릿인 것 같은데요.
  那個好像是我的平板電腦耶。
  （對現在之性質、事實加以推斷。）

- 이번 시험이 어려울 것 같아요.

  這次的考試好像會很難的樣子。

  （對尚未體驗、確定之狀態加以推測、預測。）

4. 此句型與非格式體終結語尾結合作「-는/(으)ㄴ/(으)ㄹ 것 같아(요)」，口語中常將其中之「아」發音作「애」，唸作「-는/(으)ㄴ/(으)ㄹ 것 같애(요)」。

延伸補充：

1. 「-는/(으)ㄴ/(으)ㄹ 것 같다」適用於主觀性較強之推斷、推測，可僅憑藉話者自身的感覺做出判斷，即與依據、證據之有無並無絕對關聯。同時，此句型亦可用於回答他人問題，或針對他人之意見給予評價時，是一種用模糊、推測的説話方式以表示委婉、謙恭之態度。

   - 그건 좀 별로인 것 같아요.

     那個好像不怎麼樣。

   - 사실대로 말하는 게 좋을 것 같아요.

     照實説出來好像比較好的樣子。

2. 「-(으)ㄹ 것 같다」除了使用於「尚未發生之事件、狀態」外，亦可較單純地表示「推測」，可用於「對已經發生事件之推測」、「對現在事實之推測」、「確定度較低之推測」等情況。

   - 그 빵은 제임스가 먹었을 것 같아요.

     那個麵包好像是詹姆士吃掉了的樣子。

   - 문이 열려 있을 것 같아요.

     門好像是打開著的樣子。

句型結合實例：

1. -아/어/여지다 + -는/(으)ㄴ/(으)ㄹ 것 같다 + -는(으)ㄴ데(요)

   - 태풍 때문에 날씨가 나빠질 것 같은데요.
     因為颱風的緣故，天氣好像會變差呢。

2. -는/(으)ㄴ/(으)ㄹ 것 같다 + -는/-(으)ㄴ/-(으)ㄹ

   - 마치 그림 속으로 들어온 것 같은 느낌이에요.
     就好像是進到畫裡來的感覺。

A2-4 -아/어/여 보이다

解　　釋：表示透過視覺，對所看見之事物進行性質上的預料、推估。

中文翻譯：看起來……、看似……

結構形態：由連結語尾「－아/어/여」，與具有「透過眼睛獲知對象之存在
　　　　　與形態特徵」之含意的動詞「보이다」結合而成，所以可知此
　　　　　句型在使用上，需要注意必須透過「視覺」加以推斷。

結合用例：

與「形容詞」結合時			
피곤하다	피곤해 보이다*	좁다	좁아 보이다
시다	셔 보이다*	춥다	추워 보이다*
많다	많아 보이다	낫다	나아 보이다*
좋다	좋아 보이다	예쁘다	예뻐 보이다*
멋있다	멋있어 보이다	다르다	달라 보이다*
길다	길어 보이다	그렇다	그래 보이다*

用　　法：

1. 表達透過眼睛之觀察，藉此對事物的性質給予推斷。由於是推估，因此並不
   清楚對事物性質給予之判斷，究竟是否符合事實。

   • 모자를 쓰니까 더 젊어 보이네요.
     戴上帽子後看起來更年輕了呢。

     （僅說明透過視覺獲得之推斷，與真實年齡無關。）

- 시험 문제가 왜 이렇게 어려워 보여?

  考試題目為什麼看起來這麼難？

  （僅透過視覺加以評斷，與實際難易度無關。）

2. 由於是對事物之性質給予評斷，因此「-아/어/여 보이다」前方僅能與形容詞結合。同時，透過視覺以外的「其他感官」感受並給予之判斷，則不適用此句型。

- 기분이 좋아 보이는데 무슨 좋은 일이 생겼어요?

  心情看起來很好耶，有什麼好事情發生了嗎？

- 가장 편해 보이는 신발을 샀어요.

  買了雙看起來最舒適的鞋。

3. 「-아/어/여 보이다」中之「보이다」（看起來）屬被動詞，且韓語中之被動具有「非由主語自己行動或作用」之含意，即前方出現之名詞為句子之主語，因此在一般之情況下，該名詞後方需接上主格助詞「이/가」。

- 집이 정말 좋아 보여요.

  房子真的看起來很好。

  （主語為「집」（房子），此處並非敘述有人在看房子，而是強調房子「좋아 보이다」（被看起來）很好。）

- 제가 오늘 새 옷을 입고 왔는데 멋있어 보이지 않아요?

  我今天穿了新衣服來呢，不覺得看起來很帥嗎？

  （後文中省略主語「저」（我）。）

句型結合實例：

1. -아/어/여 보이다 + -는/(으)ㄴ데

   - 아파 보이는데 괜찮아?
     看起來不舒服，還好嗎？

2. -아/어/여 보이다 + -지만

   - 겉으로 보기에는 멀쩡해 보이지만 실제로는 속이 다 썩었어요.
     從外表看起來好好的，但實際上內部已全部腐爛了。

A2-5 -는/(으)ㄴ 편이다

解　　　釋：表示主觀性地判斷某人、事、物大致所屬之特性。

中文翻譯：算是……、偏……、屬於較……的

結構形態：冠形詞形語尾「-는/(으)ㄴ」、具有「大體上屬於某類別」意
　　　　　義之依存名詞「편」，與具有「是」含意的「이다」結合而
　　　　　成。

結合用例：

與「動詞」結合時			
공부하다	공부하는 편이다	돕다	돕는 편이다
읽다	읽는 편이다	웃다	웃는 편이다
만들다	만드는 편이다*	짓다	짓는 편이다
닫다	닫는 편이다	쓰다	쓰는 편이다
듣다	듣는 편이다	자르다	자르는 편이다
입다	입는 편이다	놓다	놓는 편이다

與「形容詞」結合時			
따뜻하다	따뜻한 편이다	좁다	좁은 편이다
시다	신 편이다	춥다	추운 편이다*
같다	같은 편이다	낫다	니은 편이다*
좋다	좋은 편이다	바쁘다	바쁜 편이다
없다	없는 편이다*	빠르다	빠른 편이다
길다	긴 편이다*	이렇다	이런 편이다*

用　法：

1. 表示對某人、事、物所屬特性之判斷。此句型與動詞一起使用時作「動詞語幹-는 편이다」；與形容詞一起使用時則作「形容詞語幹-(으)ㄴ 편이다」。同時，「있다」、「없다」在此時，必須同動詞一樣與句型結合成「있는 편이다」、「없는 편이다」。

- 저는 약간 말이 없는 편이에요.
  我有點算是話比較少的。

- 저 영화는 재미있는 편이야.
  那部電影算是有趣的。

  > 🔍 此處之「있다」（有）及「없다」（無）雖為形容詞，但必須如同動詞般與「-는 편이다」結合。

2. 此句型用於根據話者主觀性之判斷後，不是非常肯定地表達主語偏向、屬於何種性質，是以較為不確定之方式表達。除了單純地對該狀況給予較保守之判斷外，在表達謙虛、委婉時，亦常使用此句型。

- A: 시험을 잘 봤어요?
  考試考得好嗎？

  B: 네, 이번 시험은 쉬운 편이에요.
  對，這次的考試算簡單。

  （以此句回答可能有兩種情形，第一種為考試真的偏簡單；第二種為謙虛用法，藉由說考試偏簡單，以減少對自己考試順利之炫耀感。）

- 타이베이는 물가가 비싼 편이지요?
  臺北物價算是高的吧？

  （在詢問自己不太清楚之領域、內容時，以委婉的方式詢問，可避免向聽者傳達出先入為主的感覺。）

3. 由於「-는/(으)ㄴ 편이다」本身呈現出較為含糊、不確定之感,因此通常不與名詞이다、「아니다」等具有明確意義之詞彙一起使用。且若與動詞結合時,則通常必須在動詞語幹前方另添加副詞,以對其動作加以補充修飾。

- 저는 많이 먹는 편이 아니에요.
  我不算是很會吃的。

- 제 친구가 운동을 자주 안 하는 편이에요.
  我的朋友算是不常運動的。

  > 🔍 由於與形容詞的「狀態」不同,動詞呈現的是「動作」,為單純展現其行為之發生與進行,因此需要添加程度副詞、頻率副詞等可以修飾動詞之成分。

- 저는 한국어를 잘하는 편이에요.
  我算是擅長韓語的。

  (「잘하다」(擅長)是已具備表示屬性功能之動詞,因此不在此限。)

延伸補充:

1. 若欲針對過去某一特定時間,敘述其動作、行為之屬性,或欲與部分常以「完成狀態」表示之動詞結合時,則以「動詞語幹-(으)ㄴ 편이다」方式呈現。

- 어제는 평소보다 일찍 잔 편이에요.
  比起平常,昨天算是比較早睡的。

- 지난번에는 많이 마신 편이에요.
  上次算是喝很多的。

  > 🔍 此兩句是針對特定時間描述當時、當下行為之屬性。

- 제 남동생은 좀 마른 편이에요.

  我的弟弟算是偏瘦的。

  （「마르다」（瘦）為動詞，部分動詞就目前的事實進行敘述時，本就常與表示「完成」之文法要素結合，因此在套用於此句型時，亦需另外處理，以表達其完成之含意。）

2. 另一方面，若欲針對過去一段長時間，敘述過去曾持續進行的動作、行為之屬性，則使用「動詞語幹-는 편이었다」。

- 옛날에는 영화를 자주 보는 편이었어요.

  很久以前算是常常看電影的。

  （此時表達的並非特定當下某一時間行為之屬性，而是對過去長時間的慣例、習慣、持續性的事實給予判斷。）

句型結合實例：

1. -아/어/여 주다 + -는/(으)ㄴ 편이다

- 친구랑 같이 있을 때 저는 맞춰 주는 편이에요.

  和朋友在一起的時候，我算是屬於配合他人的角色。

2. -는/(으)ㄴ 편이다 + -아/어/여서

- 올해 겨울은 날씨가 추운 편이어서 패딩이 잘 팔려요.

  因為今年冬天天氣算是比較冷的，所以羽絨衣賣得很好。

A2-6 -기는 하다

解　　釋： 表達對人、事、物之特性、行為給予部分認同或承認。

中文翻譯： 有……是有……、……是……

結構形態： 句型中的「하다」，取代前部分已提到之動詞或形容詞，詞性與前方必須一致。

結合用例：

與「動詞」結合時

공부하다	공부하기는 하다	돕다	돕기는 하다
읽다	읽기는 하다	웃다	웃기는 하다
만들다	만들기는 하다	짓다	짓기는 하다
닫다	닫기는 하다	쓰다	쓰기는 하다
듣다	듣기는 하다	자르다	자르기는 하다
입다	입기는 하다	놓다	놓기는 하다

與「形容詞」結合時

따뜻하다	따뜻하기는 하다	좁다	좁기는 하다
시다	시기는 하다	춥다	춥기는 하다
같다	같기는 하다	낫다	낫기는 하다
좋다	좋기는 하나	바쁘다	바쁘기는 하다
없다	없기는 하다	빠르다	빠르기는 하다
길다	길기는 하다	그렇다	그렇기는 하다

用　法：

1. 表達部分認同或承認，但後方常為省略之立場、或與狀況相反之內容，且語氣上亦可能包含「但是」、「無奈」、「無力」之感。此句型會先傳達予聽者部分認同，且給人一種「感同深受」、「你說的也沒錯」、「確實是那樣」的感覺，目的在於讓聽者更能接受後方之補充說明，是一種降低直接否定、拒絕、批評程度之句型。

   - 취두부는 먹기는 해요. 그런데 좋아하지 않아요.
     臭豆腐吃是吃，但是不喜歡。

     （先對特定的人、事、物給予部分認同，以利後文「聽者較不樂見之狀態、行為」的出場。）

   - 알아듣기는 해요.
     聽是聽得懂。

     （雖省略後文之句子、話語，但仍讓聽者清楚話者抱持著與聽者不同之見解、想法，或持保留之態度。）

2. 由於「하다」為取代前部分已提到之動詞或形容詞，所以亦可將「하다」替換成前方之動詞或形容詞，具稍微強調之感。

   - 바람이 불어서 춥기는 춥네요.
     因為颱風的緣故，冷是滿冷的。

   - 그 코트는 좋기는 좋지만 조금 비싸요.
     那件大衣好是好，但有點貴。

3. 若欲陳述之狀態、行為的時間為過去時，可於「-기는 하다」後方加上先語末語尾「-았-/-었-/-였-」前方則不需添加「-았-/-었-/-였-」。

   - 어제 친구를 만나기는 했어요.
     昨天朋友見是見了。

- 전화하기는 했어.
  電話打了是打了。

延伸補充：

1. 「-기는 하다」中之「기는」，在口語上常以「긴」呈現，作「-긴 하다」。

   - 숙제를 하긴 했지만 다 하지 못했어요.
     作業有做是有做，但是沒有全部完成。

2. 當「-기는 하다」使用於疑問句時，則常帶有「僅就此件事探討」、「先撇開其他事不說」之感，同時亦可能帶有「以理性、冷靜態度看待事件」的感覺。

   - 해 보긴 해 봤어?
     是有嘗試做過，沒錯吧？

   - 나를 사랑하기는 했어?
     愛是有愛過我吧？

   > 🔍 雖是就事論事地討論，但不免帶有點質問、質疑之意味。

3. 此句型在與其他表現結合時，需要注意「하다」之詞性，若「-기는 하다」前方為動詞，此時「하다」必須作動詞使用；若「-기는 하다」前方為形容詞，此時「하다」則必須作形容詞使用。

   - 먹기는 하는데 별로 좋아하지 않아요.
     吃是會吃，但是不怎麼喜歡。

   - 아쉽긴 한데 어쩔 수 없네요.
     是有點可惜，但是也沒有辦法呢。

句型結合實例:

1. -기는 하다 + -는/(으)ㄴ데

   - 그 제품은 싸기는 한데 품질이 안 좋아요.
     那個產品便宜是便宜,但是品質不好。

2. -아/어/여 보다 + -기는 하다 + -지만

   - 먹어 보기는 했지만 무슨 맛인지 기억이 안 나네요.
     吃過是吃過,但不記得是什麼味道了呢。

A2-7 -기가

解　　釋：表達對該行為、動作的判斷或評價。

中文翻譯：⋯⋯起來很⋯⋯、⋯⋯是很⋯⋯的、很⋯⋯

結構形態：利用名詞形語尾「-기」將前面之動詞轉變為名詞，再與主格助
詞「가」結合而成。

結合用例：

與「動詞」結合時			
공부하다	공부하기가	돕다	돕기가
읽다	읽기가	웃다	웃기가
만들다	만들기가	짓다	짓기가
닫다	닫기가	쓰다	쓰기가
듣다	듣기가	자르다	자르기가
입다	입기가	놓다	놓기가

用　　法：

1. 表示主語對前述動作、行為做出判斷或評價。前方僅能與動詞搭配使用，且
   實際使用時，常會省略主格助詞「가」。

   - 회화 연습은 혼자 하기가 어려워요.
     會話練習很難一個人做。

   - 이런 말 듣기 싫어.
     這句話聽起來很討厭。

2. 可置於「-기가」後方之形容詞有其限制，常是與感情、感受相關的形容詞，藉由這些形容詞對某動作、行為給予評斷。具局限性、僅可使用於特定用法之形容詞，則不適用此句型。

- 차 없이 시내에 가기 어려워요.
  沒有車很難去市區。

- 고향을 떠나기가 섭섭해요.
  離開家鄉是很依依不捨的。

🔍 常與此句型搭配之形容詞：「좋다」（好的）、「싫다」（討厭的）、「쉽다」（簡單的）、「어렵다」（困難的）、「피곤하다」（疲倦的）、「편하다」（方便的）、「슬프다」（難過的）、「창피하다」（丟臉的）、「어떻다」（怎麼樣的）。

延伸補充：

1. 「-기가」以陳述句呈現時，主語為第一人稱；以疑問句呈現時，主語為第二人稱；主語並不會以第三人稱呈現，且通常予以省略。

- 하기가 쉽지 않네요.
  做起來不簡單呢。

- 내일 시험을 보기 어려워요?
  明天考試這件事有困難嗎？

2. 此句型比起簡短地單獨使用，更常用以形容其他人、事、物，藉此對該人、事、物做更豐富或具體化之描述。

- 먹기 싫은 음식이 있어요?
  有不喜歡吃的食物嗎？

- 이해하기 어려운 책을 읽어 봤어요.
  讀過了很難理解的書。

A2-8 -는/(으)ㄴ/(으)ㄹ지

解　　釋：將句子轉變為名詞節，以利進行與認知相關之描述。

中文翻譯：✕

結構形態：將轉化成之名詞節作為名詞般使用，後方亦可視情況添加助詞。

結合用例：

與「動詞」結合時			
하다	하는지 했는지* 할지	돕다	돕는지 도왔는지* 도울지*
읽다	읽는지 읽었는지 읽을지	웃다	웃는지 웃었는지 웃을지
들다	드는지* 들었는지 들지*	짓다	짓는지 지었는지* 지을지*
닫다	닫는지 닫았는지 닫을지	쓰다	쓰는지 썼는지* 쓸지
듣다	듣는지 들었는지* 들을지*	자르다	자르는지 잘랐는지* 자를지
입다	입는지 입었는지 입을지	놓다	놓는지 놓았는지 놓을지

與「形容詞」結合時

심하다	심한지 심했는지* 심할지	좁다	좁은지 좁았는지 좁을지
시다	신지 셨는지* 실지	춥다	추운지* 추웠는지* 추울지*
같다	같은지 같았는지 같을지	낫다	나은지* 나았는지* 나을지*
좋다	좋은지 좋았는지 좋을지	바쁘다	바쁜지 바빴는지* 바쁠지
없다	없는지* 없었는지 없을지	빠르다	빠른지 빨랐는지* 빠를지
길다	긴지* 길었는지 길지*	어떻다	어떤지* 어땠는지* 어떨지*

與「名詞이다」結合時

일이다	일인지 일이었는지 일일지	너이다	너인지 너였는지 너일지

用　法：

1. 將句子轉變為名詞節，方便對該句子加以描述。類似英語中「名詞子句」之功能，常添加疑問代名詞於句中，且後方則通常與認知相關之動詞、形容詞搭配使用。

- 선생님이 보통 언제 교실에 오시는지(를) 알아요?
  你知道老師通常什麼時候來教室嗎？

  （由於「-는/(으)ㄴ/(으)ㄹ지」已將句子轉變為「名詞節」，因此亦可於該名詞節後方適當地添加助詞。）

- 친구가 언제 올지(를) 모르겠어요.
  不知道朋友什麼時候會來。

  > 🔍 常與此句型搭配之詞彙：「알다」（知道）、「모르다」（不知道）、「궁금하다」（好奇的）、「기억하다」（記住）、「잊다」（忘記）、「말하다」（說）、「설명하다」（說明）、「알리다」（告知）。

2. 與動詞結合，若對現在、常態之事件加以敘述時，使用「-는지」作「動詞語幹-는지」；若對過去之行為加以敘述時，使用「-는지」，並與先語末語尾「-았-/-었-/-였-」結合作「動詞語幹-았/었/였는지」；若對未來尚未確定之事件加以敘述、推測時，則使用「-(으)ㄹ지」作「動詞語幹-(으)ㄹ지」。

- 그 사람이 잘 지내는지 궁금해요.
  好奇那個人過得好不好。

  （對「그 사람이 잘 지내요?」（那個人過得好嗎？）之答案感到好奇，敘述現在之事件。）

- 도대체 뭘 잘못했는지 알려 주세요.
  請告訴我到底哪裡做錯了。

  （請求對方告知「뭘 잘못했어요?」（做錯了什麼？）之答案，敘述過去之行為。）

- 선물을 샀는데 친구가 받을지 모르겠어요.
  雖然買了禮物，但是不知道朋友會不會收。

  （不知「친구가 받아요?」（朋友收嗎？）之答案，表達對未來尚未確定之狀況的推測。）

3. 與形容詞、名詞이다結合，若對現在、常態之狀態加以敘述時，使用「-(으)ㄴ지」作「形容詞語幹-(으)ㄴ지」、「名詞인지」；若對過去之狀態加以敘述時，使用「-는지」，並與先語末語尾「-았-/-었-/-였-」結合作「形容詞語幹-았/었/였는지」，若名詞最後一字有收尾音作「名詞이었는지」，無收尾音則作「名詞였는지」；若對未來尚未體驗、確定之狀態加以敘述、推測時，則使用「-(으)ㄹ지」作「形容詞語幹-(으)ㄹ지」、「名詞일지」。

- 내가 누구인지 몰라?

  不知道我是誰嗎？

  （詢問對方是否不清楚「내가 누구예요?」（我是誰？）之答案，敘述現在的事實。）

- 어디가 아픈지 말해 봐요.

  說說看哪裡不舒服。

  （請求對方告知「어디가 아파요?」（哪裡不舒服？）之答案，敘述現在之狀態。）

- 지난 생일에 받은 선물이 뭐였는지 기억이 안 나.

  想不起來上次生日收到的禮物是什麼。

  （想不起來「지난 생일에 받은 선물이 뭐였어요?」（上次生日收到的禮物是什麼？）之答案，敘述過去之性質。）

- 내일 날씨가 쌀쌀할지도 모르겠어요.

  明天天氣也可能會有點涼。

  （不知「내일 날씨가 쌀쌀해요?」（明天天氣涼嗎？）之答案，表達對未來尚未體驗、確定之狀態的推測。）

延伸補充：

1. 「-(으)ㄹ지」除了使用於「未來尚未發生、確定之事件、狀態」外，亦具有「對已經發生事件之推測」、「確定度較低之推測」、「話者對該事實之憂慮、擔心」等用法及含意。

- 사랑하고 있을지 몰라.
  或許正愛著。

- 점심시간도 다 끝났는데 밥은 먹었을지 모르겠네.
  午餐時間也已經結束了，不知道他飯到底吃了沒。

A3-1 -(으)ㄹ까(요)?[1]

解　　釋：表達邀請、勸誘聽者與話者共同行動。

中文翻譯：要一起……嗎？、要不要一起……呢？

結構形態：屬口語用法，無法與格式體終結語尾結合，當聽者是需要被尊敬的對象時，必須在後方加上「요」。

結合用例：

與「動詞」結合時			
공부하다	공부할까(요)?	돕다	도울까(요)?*
읽다	읽을까(요)?	웃다	웃을까(요)?
만들다	만들까(요)?*	짓다	지을까(요)?*
닫다	닫을까(요)?	쓰다	쓸까(요)?
듣다	들을까(요)?*	자르다	자를까(요)?
입다	입을까(요)?	놓다	놓을까(요)?

用　　法：

1. 以詢問的方式，向聽者提議、邀請、邀約共同從事某行為、進行某動作。僅能以疑問句呈現，且前方僅能與動詞結合。

   • 우리 만나서 맥주 한잔할까?
     我們要不要見面一起喝杯啤酒？

- 이따가 펑리수를 사러 갈까요?
  等一下要不要一起去買鳳梨酥？

2. 為方便、簡短對話，當主語為第一人稱複數時，即包含話者本人的「우리」（我們）常予以省略。由於是提議一起行動，因此就算句中未出現「같이」（一起），仍含有此含意。

  - 무슨 영화를 볼까요?
    要一起看什麼電影呢？

  - 같이 노래방에 가서 노래를 부를까요?
    要一起去 KTV 唱歌嗎？

延伸補充：

1. 「-(으)ㄹ까(요)?」除了可向聽者提議共同進行某動作、行動，亦可向聽者提議「不要」做某事情，此時與表否定之「-지 말다」結合，作「-지 말까(요)?」。

  - 늦을 것 같은데 우리 그냥 가지 말까요?
    好像會遲到，不如我們乾脆就不要去？

  - 이 이야기는 하지 말까?
    要不我們就別提這個話題了？

句型結合實例：

1. -아/어/여 보다 + -(으)ㄹ까(요)?

  - 이제 그만 마시고 집에 돌아가 볼까요?
    現在我們就不要再喝了，回家如何？

A3-2 -는 게 어떻다

解　　釋：表達向聽者提出進行某事之建議，或徵詢聽者之意願。

中文翻譯：要不要……呢？、……如何？、不如……？

結構形態：由冠形詞形語尾「-는」、指稱事物之「것」、主格助詞
　　　　　「이」，與具「如何、怎麼樣」意義之「어떻다」結合而成。

結合用例：

與「動詞」結合時			
공부하다	공부하는 게 어떻다	돕다	돕는 게 어떻다
읽다	읽는 게 어떻다	웃다	웃는 게 어떻다
만들다	만드는 게 어떻다*	짓다	짓는 게 어떻다
닫다	닫는 게 어떻다	쓰다	쓰는 게 어떻다
듣다	듣는 게 어떻다	자르다	자르는 게 어떻다
입다	입는 게 어떻다	놓다	놓는 게 어떻다

用　　法：

1. 「-는 게 어떻다」可用於「向聽者提出邀請」，以「詢問」之方式邀請對方
   共同行動、從事某行為。此時表示「一起」的「같이」通常會一同出現。

   - 우리 내일 같이 파티에 가는 게 어때요?
     我們明天要不要一起去派對呢？

   - 시간이 되면 우리 같이 식사하는 게 어때요?
     時間允許的話，我們要不要一起用餐呢？

   > 🔍 在含有「邀請」含意時，主語原則上為第一人稱複數的「우리」
   > （我們）。

2. 此句型亦可用於徵詢對方之意願。話者先提出對尚未發生之事的想法、方
   案、構想，再徵求對方對該想法之意願。

   - 네가 일찍 가는 게 어때?
     不如你早點去？

   - 제가 먼저 가서 준비하는 것이 어때요?
     不如我先去準備？

   - 제 친구가 와서 도와 주는 게 어때요?
     不如讓我朋友來幫你？

   > 🔍 作為「徵詢意願」用法時，主語則不受人稱限制，回答通常為
   > 「좋아요」（好）或「아니요」（不）。

延伸補充：

1. 當「-는 게 어떻다」前方與動詞結合，且以疑問方式呈現時，由於「邀
   請」、「詢問尚未發生之事」在時間上皆屬未來範疇，因此不與過去時制結
   合。

   - 조금만 더 기다리는 게 어떨까요?
     不如再等一下？

   - 일단 최선을 다하는 게 어떻습니까?
     先盡力而為如何？

   > 🔍 「-는 게 어떻다」為尚未添加終結語尾之形態，因此可與其他具
   > 「疑問」含意之表現結合。

句型結合實例：

1. -는 게 어떻다 + -(으)ㄹ까(요)?

   • 해 먹기 귀찮으니까 그냥 배달을 시켜 먹는 게 어떨까요?
   自己煮很麻煩，要不要就叫外賣來吃呢？

2. -아/어/여 보다 + -는 게 어떻다

   • 계속 아프면 병원에 한번 가 보는 게 어때요?
   還在痛的話，要不要去醫院看看呢？。

A4 感嘆與詢問

A4-1 -네(요)

解　　釋：表達話者對親身經歷，以及實際以自身感官體驗過之人、事、物的特性，對其為之感嘆、驚嘆。

中文翻譯：……呢、……耶

結構形態：屬口語用法，無法與格式體終結語尾結合。當聽者是需要被尊敬的對象時，必須在後方加上「요」。

結合用例：

與「動詞」結合時			
공부하다	공부하네(요)	돕다	돕네(요)
읽다	읽네(요)	웃다	웃네(요)
만들다	만드네(요)*	짓다	짓네(요)
닫다	닫네(요)	쓰다	쓰네(요)
듣다	듣네(요)	자르다	자르네(요)
입다	입네(요)	놓다	놓네(요)

與「形容詞」結合時			
따뜻하다	따뜻하네(요)	좁다	좁네(요)
시다	시네(요)	춥다	춥네(요)
같다	같네(요)	낫다	낫네(요)

좋다	좋네(요)	바쁘다	바쁘네(요)
없다	없네(요)	빠르다	빠르네(요)
길다	기네(요)*	이렇다	이렇네(요)

與「名詞이다」結合時

학생이다	학생이네(요)	학교이다	학교(이)네(요)

用　法：

1. 話者透過自身的直接體驗而獲取資訊，並表達當下的感嘆、驚嘆，例如話者親自用眼睛「看到」、用鼻子「聞到」、用皮膚「接觸到」、用內心「感覺到」、用嘴巴「吃到」、用耳朵「聽到」等方式獲得。而所做出之感嘆、驚嘆內容，必須為話者對該體驗的判斷。

   • 이거 맛있네.
     這個很好吃耶。

     （必須是親自吃到，且對「맛있다」（好吃）的感嘆、驚嘆必須為自己的想法、判斷。）

   • 연주 굉장히 잘하네요.
     真的很擅長演奏耶。

     （需要親自聽到，且認為很擅長演奏的「잘하다」（擅長）必須是話者自己的判斷、感受。）

2. 「-네(요)」可與動詞、形容詞、名詞이다一起使用。當與名詞이다結合並使用於現在時制時，若名詞最後一字無收尾音，則「이」常予以省略。

   • 벌써 방학이네.
     已經是放假了呢。

     （話者看到了行事曆、看到路上充滿了學生等情形，皆可能為做出此判斷、感嘆之根據。）

- 오. 내 친구(이)네.

  喔！是我的朋友耶。

  （話者看了門上的貓眼、看到影片中的人物等情形，皆可能為做出此判斷、驚嘆之依據。）

3. 若要針對已完成之動作或行為、過去的狀態表示感嘆或驚嘆時，前方可添加先語末語尾「-았-/-었-/-였-」作「-았/었/였네(요)」。

- 숙제를 벌써 다 했네요.

  作業全部都做完了呢。

- 너 어렸을 때 진짜 뚱뚱했네.

  你小時候真的很胖耶。

延伸補充：

1. 「-네(요)」用於日常對話之中，同時具柔和的語感。

- 앗, 카드를 안 가져왔네.

  啊，忘了帶卡了呢。

- 모자를 쓰니까 더 귀엽네요.

  戴上帽子後更可愛了呢。

句型結合實例：

1. -는/(으)ㄴ/(으)ㄹ 것 같다 + -네(요)

- 이 요리는 좀 괜찮은 것 같네요.

  這道菜好像還不錯呢。

2. -아/어/여지다 + -네(요)

- 갑자기 사람들이 많아졌네.

  人突然變多了呢。

A4-2 -(는)군(요)

解　　釋：表達話者對親身經歷，或透過他人得知之新事實，對其進行感嘆、驚嘆。

中文翻譯：原來……啊、原來……呢

結構形態：「-(는)군」由「-(는)구나」簡化而來，屬口語用法，無法與格式體終結語尾結合。當聽者是需要被尊敬的對象時，必須在後方加上「요」。

結合用例：

與「動詞」結合時			
공부하다	공부하는군(요)	돕다	돕는군(요)
읽다	읽는군(요)	웃다	웃는군(요)
만들다	만드는군(요)*	짓다	짓는군(요)
닫다	닫는군(요)	쓰다	쓰는군(요)
듣다	듣는군(요)	자르다	자르는군(요)
입다	입는군(요)	놓다	놓는군(요)

與「形容詞」結合時			
따뜻하다	따뜻하군(요)	좁다	좁군(요)
시다	시군(요)	춥다	춥군(요)
같다	같군(요)	낫다	낫군(요)
좋다	좋군(요)	바쁘다	바쁘군(요)
없다	없군(요)	빠르다	빠르군(요)
길다	길군(요)	이렇다	이렇군(요)

與「名詞이다」結合時			
학생이다	학생이군(요)	학교이다	학교(이)군(요)

用　法：

1. 表示話者以對自身經驗，或通過他人獲得之新資訊而發出驚嘆、驚訝。話者自身之體驗，可以透過眼睛「看到」、鼻子「聞到」、皮膚「接觸到」、內心「感覺到」、嘴巴「吃到」、耳朵「聽到」等方式獲得。

- 입이 짧군.
  原來很挑食呢。

  （話者透過眼睛看到、發現對方挑食之現象，並對其表達驚訝、感嘆。）

- A: 선생님께서 이미 결혼하셨어요.
  老師已經結婚了。

  B: 아, 결혼하셨군요. 몰랐어요.
  啊，原來已經結婚了呢，我都不知道。

  （話者透過他人得知新資訊，接著對其表達驚嘆、感嘆。）

2. 「-(는)군(요)」可與動詞、形容詞、名詞이다一起使用，其形態分別為「動詞語幹-는군(요)」、「形容詞語幹-군(요)」、「名詞(이)군(요)」。當與名詞「이다」結合並使用於現在時制時，若名詞最後一字無收尾音，則「이」常予以省略。

- 다음 주에 병원에 가야 하는군요.
  原來下週必須要去醫院啊。

- 다리가 아프군요.
  原來腿很痛啊。

- 그가 여기의 담당자(이)군요.
  原來他是這裡的負責人啊。

3. 若要表達的感嘆為已完成之動作或行為、過去的狀態，則前方可添加先語末語尾「-았-/-었-/-였-」作「-았/었/였군(요)」，此時無論前方詞性，僅需接上「-군(요)」即可。

- 사장님이 입원하셨군요.
  原來老闆住院了啊。

- 그 사람이었군요.
  原來（當時）是那個人啊。

延伸補充：

1. 在使用「-(는)군(요)」表達感嘆時，並非即刻表達當下的驚訝、驚嘆，而是已先經過思考，對所獲得之資訊進行處理，因此在表達感嘆時，隱含話者對其現象、狀態所抱持之想法、態度。

- A: 어제 밤새워 편지를 썼어요.
    我昨天熬夜寫了信。
  B: 아, 그래서 졸리는군요.
    啊，所以才想睡覺啊。

  （在接收對方「밤새우다」（熬夜）的資訊後，經處理、思考後發現其現象、狀態與「졸리다」（想睡覺）一事具關聯性，再接著表達感嘆。）

- A: 제가 한국어를 가르쳐요.
    我教韓語。
  B: 아, 선생님이시군요.
    啊，原來您是老師啊。

  （在接收對方資訊後，答句中之話者先經過思考，將該資訊進行處理後，接著表達感嘆。）

2. 「군」是由「구나」簡化而來，因此「-(는)군(요)」亦可作「-(는)구나」，由於並不會將「요」添加於其後，因此「-(는)구나」不可對長輩、社會地位較高的人使用，但使用於自言自語時則不在此限。

- 그렇구나.
  原來如此。

- 아, 벌써 다 먹었구나.
  啊，原來早就全部吃完了啊。

句型結合實例：

1. -고 있다 + -(는)군(요)

- 아, 그래? 너 공부하고 있구나.
  啊，是喔？原來你在讀書喔。

2. -아/어/여 있다 + -(는)군(요)

- 아파서 침대에 누워 있군요.
  原來你因為不舒服正躺在床上啊。

A4-3 -지(요)?

解　　釋：表達話者針對心裡已有底的答案，向聽者進行之再次確認。

中文翻譯：……吧？、……對吧？、……沒錯吧？

結構形態：屬口語用法，無法與格式體終結語尾結合。當聽者是需要被尊
　　　　　敬的對象時，必須在後方加上「요」。

結合用例：

與「動詞」結合時			
공부하다	공부하지(요)?	돕다	돕지(요)?
읽다	읽지(요)?	웃다	웃지(요)?
만들다	만들지(요)?	짓다	짓지(요)?
닫다	닫지(요)?	쓰다	쓰지(요)?
듣다	듣지(요)?	자르다	자르지(요)?
입다	입지(요)?	놓다	놓지(요)?

與「形容詞」結合時			
따뜻하다	따뜻하지(요)?	좁다	좁지(요)?
시다	시지(요)?	춥다	춥지(요)?
같다	같지(요)?	낫다	낫지(요)?
좋다	좋지(요)?	바쁘다	바쁘지(요)?
없다	없지(요)?	빠르다	빠르지(요)?
길다	길지(요)?	이렇다	이렇지(요)?

與「名詞이다」結合時			
학생이다	학생이지(요)?	학교이다	학교(이)지(요)?

用 法：

1. 針對動作、行為、狀態，話者向聽者進行再次確認。而在進行確認前，話者已預先推知聽者會對自己所敘述之內容給予贊同、認可、承認。也可於話者單純欲獲得聽者之同意、認可、附和時使用。

- 너 어제 학교 안 갔지?
  你昨天沒去學校對吧？

  （話者在詢問前，已預先知道或猜到對方昨天未去學校一事，是為了向聽者再次確認該事情之真實性而詢問。）

- 저 배우 되게 예쁘지요?
  那個演員真的很美對吧？

  （話者認為演員很美，同時透過詢問之方式，想從聽者那裡獲得同意、附和、認同。）

2. 「-지(요)?」可與動詞、形容詞、名詞이다結合。當與名詞이다結合並使用於現在時制時，若名詞最後一字無收尾音，則「이」常予以省略。同時，當欲確認之狀態、行為的時間為過去，或是已完成時，亦在前方添加先語末語尾「-았-/-었-/-였-」作「-았/었/였지(요)?」。

- 네가 이 사건의 범인이지?
  你是這個事件的犯人吧？

- 그 부분에 대해서는 잘 몰랐지?
  關於那個部分，先前不太清楚吧？

- 아 참, 어제는 네 생일이었지?
  啊對，昨天是你的生日對吧？

3. 對長輩、社會地位較高的人必須使用「-지요?」，在口語中通常將其發音作「-죠?」，在日常中亦常如此書寫。

- 안타깝고 섭섭하시죠?
  很遺憾很傷心吧？

延伸補充：

1. 依照語氣的不同，此句型可以陳述句、疑問句、命令句、共動句之方式呈現。使用時，除了後方之標點符號須隨語氣改變外，其形態並無變化。

- 이제 그만 하지?
  現在該停止了吧？

- 나랑 같이 가지.
  和我一起去吧。

2. 當敍述之內容包含「不確定」含意之代名詞、副詞等詞彙時，有時則帶有較為「柔和、委婉」或是「極為好奇」的語氣。

- 이게 어디서 나온 거지?
  這個東西是哪裡來的啊？

- 언제 시간이 되지요?
  什麼時候時間方便呢？

> 🔍 含有「不確定」含意之代名詞、副詞，常見的有：「누구」（誰）、「뭐」（什麼）、「언제」（何時）、「어디」（哪裡）、「왜」（為何）、「어떻게」（如何）。

3. 亦可使用於回答，表達認為「理所當然」或「答案呼之欲出」之狀況。

- 이렇게 하면 되겠지?
  這樣做就可以了吧？

- 나 너무 바빠서 아직 밥도 못 먹었지.

  我因為太忙，所以到現在都還沒吃飯呢。

句型結合實例：

1. -(으)ㄹ 것이다 + -지(요)?

   - 너도 같이 갈 거지?

     你應該也會一起去吧？

2. -고 싶다 + -지(요)?

   - 명절이니까 가족하고 같이 있고 싶지?

     因為是佳節，很想跟家人在一起吧？

A4-4 -(으)ㄹ까(요)?²

解　　釋：表達詢問聽者之看法、推測與同意。

中文翻譯：覺得會……嗎？、……嗎？、要我……嗎？

結構形態：屬口語用法，無法與格式體終結語尾結合。當聽者是需要被尊敬的對象時，須在後方加上「요」。

結合用例：

與「動詞」結合時			
공부하다	공부할까(요)?	돕다	도울까(요)?*
읽다	읽을까(요)?	웃다	웃을까(요)?
만들다	만들까(요)?*	짓다	지을까(요)?*
닫다	닫을까(요)?	쓰다	쓸까(요)?
듣다	들을까(요)?*	자르다	자를까(요)?
입다	입을까(요)?	놓다	놓을까(요)?

與「形容詞」結合時			
따뜻하다	따뜻할까(요)?	좁다	좁을까(요)?
시다	실까(요)?	춥다	추울까(요)?*
같다	같을까(요)?	낫다	나을까(요)?*
좋다	좋을까(요)?	바쁘다	바쁠까(요)?
없다	없을까(요)?	빠르다	빠를까(요)?
길다	길까(요)?*	어떻다	어떨까(요)?*

與「名詞이다」結合時			
학생이다	학생일까(요)?	학교이다	학교일까(요)?

用　法：

1. 話者針對自己之後要做的行動，向聽者詢問意見、徵求同意。此時主語為第一人稱，即話者自己。

- A: 내가 먼저 가도 될까?
  我可以先走嗎？
- B: 응, 먼저 가.
  可以，你先走吧。

- A: 사진을 찍어 드릴까요?
  要我幫忙拍照嗎？
- B: 아니요, 괜찮습니다.
  不用，沒關係。

  🔍 先向聽者徵求同意，聽者接著會對「話者接下來要做的事」表達同意與否。

2. 詢問聽者對某事之意見，此時主語常為第三人稱。相較於一般「-아/어/여요?」是「針對事實、實際情形之提問」，「-(으)ㄹ까(요)?」更著重於「詢問對方的看法」，且其看法亦為聽者自己的推測或判斷。

- A: 친구가 이 선물을 좋아할까요?
  你覺得朋友會喜歡這個禮物嗎？
- B: 아마 좋아할 거예요.
  應該會喜歡吧。

（話者在詢問聽者時，心裡應該清楚聽者是不可能給予有把握的回答，所以僅是想知道聽者會怎麼認為而已。）

- 저 가방이 정말 짝퉁일까요?

  你覺得那個包包真的是假貨嗎？

  （話者清楚聽者並非包包的擁有者，自然不可能知道商品之真偽，僅想詢問聽者之看法。）

- 내일 콘서트에 사람이 많을까요?

  你覺得明天演唱會會很多人嗎？

  （使用「-(으)ㄹ까(요)?」詢問聽者之「看法」，聽者會以自己的推測、估量針對該問題回答；若使用「-아/어/여요?」則傾向向聽者詢問「聽者清楚的事情」，聽者亦會依照自己掌握之「事實」給予明確的答覆。）

3. 「-(으)ㄹ까(요)?」前方可添加先語末語尾「-았-/-었-/-였-」作「-았/었/였을까(요)?」，表示詢問聽者對於「先前已完成之動作、過去狀態」的意見與看法。

- 엄마가 집에 도착했을까요?

  你覺得媽媽到家了嗎？

  （若話者認為聽者清楚母親的行蹤，則通常會以「엄마가 집에 도착했어요?」（媽媽到家了嗎？）之方式詢問。）

- 그때 나의 심정이 어땠을까?

  你覺得當時我的內心是如何呢？

  （當對方不清楚話者當時的心境如何時，透過此方式詢問，可讓對方試著猜測、推估當時的情況。）

延伸補充：

1. 除詢問聽者之意見外，亦可使用於話者在自言自語，或有如自言自語般地提出問題、疑惑時。此時由於並非向聽者詢問，因此無需添加「요」。

- 아름다운 이별이 과연 있을까?

  美麗的離別真的存在嗎？

- 그 사람이 도대체 어디에 갔을까?
  那個人到底去了哪裡啊？

句型結合實例：

1. -아/어/여 주다 + -(으)ㄹ까(요)?

   - 빨대 꽂아 드릴까요?
     要幫您插上吸管嗎？

2. -아/어/여 보다 + -(으)ㄹ까(요)?

   - 재미있는 것 같은데 나도 한번 해 볼까?
     好像很有趣耶，我要不要也來試試看啊？

A4-5 -나요? ; -(으)ㄴ가요?

解　　釋：表達向聽者進行較和緩、柔和語氣之詢問。

中文翻譯：……嗎？、……呢？

結構形態：由「하게체」體例中之疑問形「-나?」、「-(으)ㄴ가?」與
「요」組合而成。由於「하게체」體例本身帶有「雖不用對其
表示尊敬，但卻仍給予些許的禮遇」之含意，因此可推測此句
型應帶有些委婉、和緩與柔和之語氣。

結合用例：

與「動詞」結合時			
공부하다	공부하나요?	돕다	돕나요?
읽다	읽나요?	웃다	웃나요?
만들다	만드나요?*	짓다	짓나요?
닫다	닫나요?	쓰다	쓰나요?
듣다	듣나요?	자르다	자르나요?
입다	입나요?	놓다	놓나요?

與「形容詞」結合時			
따뜻하다	따뜻한가요?	좁다	좁은가요?
시다	신가요?	춥다	추운가요?*
같다	같은가요?	낫다	나은가요?*
좋다	좋은가요?	바쁘다	바쁜가요?
없다	없나요?*	빠르다	빠른가요?
길다	긴가요?*	어떻다	어떤가요?*

與「名詞이다」結合時			
학생이다	학생인가요?	학교이다	학교인가요?

用　法：

1. 語氣較一般疑問句型要來得更加緩和、柔和，為口語表現，適用於欲以溫和之態度詢問對方時。「-나요?」通常與動詞結合，「-(으)ㄴ가요?」則通常與形容詞、名詞이다結合。

- 안 해도 되나요?
  可以不做嗎？

- 아직도 다리가 아픈가요?
  腿仍然會痛嗎？

- 영화 개봉이 오늘인가요?
  電影上映是今天嗎？

2. 「있다」及「없다」必須如同動詞般與「-나요?」結合，作「있나요?」、「없나요?」。除此之外，若出現與過去、完成有關之先語末語尾「-았-/-었-/-였-」時作「-았/었/였나요?」；出現與推測、意志有關之先語末語尾「-겠-」時作「-겠나요?」。

- 혹시 오후에 시간이 있나요?
  下午有時間嗎？

- 식사를 하셨나요?
  用過餐了嗎？

延伸補充：

1. 使用時，原則上動詞語幹必須與「-나요?」結合；形容詞語幹、名詞이다語幹必須與「-(으)ㄴ가요?」結合。然而，實際上在使用時，可能有混用之情形發生。

句型結合實例：

1. -아/어/여도 되다 + -나요? ; -(으)ㄴ가요?

   - 여기에 앉아도 되나요?
     我可以坐在這裡嗎？

2. -아/어/여야 하다 + -나요? ; -(으)ㄴ가요?

   - 시험은 꼭 봐야 하나요?
     一定要考試嗎？

A4-6 -는/(으)ㄴ데(요)

解　　釋：表示藉省略部分之話語，用以引出對方之回應、反應。

中文翻譯：……耶、……呢、……欸、……╳

結構形態：由表示「狀態之背景、提示」的「-는/(으)ㄴ데」作為終結語
　　　　　尾。屬口語用法，無法與格式體終結語尾結合。當聽者是需要
　　　　　被尊敬的對象時，必須在後方加上「요」。

結合用例：

與「動詞」結合時			
공부하다	공부하는데(요)	돕다	돕는데(요)
읽다	읽는데(요)	웃다	웃는데(요)
만들다	만드는데(요)*	짓다	짓는데(요)
닫다	닫는데(요)	쓰다	쓰는데(요)
듣다	듣는데(요)	자르다	자르는데(요)
입다	입는데(요)	놓다	놓는데(요)

與「形容詞」結合時			
따뜻하다	따뜻한데(요)	좁다	좁은데(요)
시다	신데(요)	춥다	추운데(요)*
같다	같은데(요)	낫다	나은데(요)*
좋다	좋은데(요)	바쁘다	바쁜데(요)
없다	없는데(요)*	빠르다	빠른데(요)
길다	긴데(요)*	그렇다	그런데(요)*

학생이다	학생인데(요)	학교이다	학교인데(요)

用　法：

1. 省略直接性的話語，僅暗示性地說明與真實想法相關之背景、狀況，藉以誘導聽者做出反應。

   - A: 오, 맛있는데?

     喔，很好吃耶？

   - B: 그치? 나 요리 잘해!

     對吧，我很會做菜啊！

   （僅說出「맛있다」（好吃），真正想表達的內容可能為「看不出來這麼會做菜」等想法，但卻不直接說出。）

   - A: 오늘 날씨가 정말 좋은데요?

     今天天氣真的很好呢？

   - B: 그래도 주말인데 집에서 좀 쉬고 싶어요.

     是沒錯，但週末還是想在家休息一下。

   （僅說出「날씨가 정말 좋다」（天氣真的很好），真正想表達的內容可能為「來去走走吧？」等想法，但卻不直接說出。）

2. 「-는/(으)ㄴ데(요)」與動詞結合時作「動詞語幹-는데(요)」；與形容詞結合時作「形容詞語幹-(으)ㄴ데(요)」；與名詞이다結合時則作「名詞인데(요)」。同時，「있다」及「없다」必須同動詞般與句型「-는데(요)」結合作「있는데(요)」、「없는데(요)」。除此之外，若出現與過去、完成有關之先語末語尾「-았-/-었-/-였-」時作「-았/었/였는데(요)」；出現與推測、意志有關之先語末語尾「-겠-」時作「-겠는데(요)」。

   - 제가 분명히 돌려줬는데요?

     我明明就已經還回去了啊？

- 이 방법이 괜찮겠는데요?

  這方法應該可以耶？

3. 常用來表示委婉地對聽者行為、話語的輕微質疑與反對。

- 지금 나가려고? 비 많이 오는데...

  你現在要出去？雨下很大耶……。

  （僅委婉地說出「비 많이 오다」（下大雨），實際上之想法可能是「反對對方出門」。）

- 이 숙제는 네가 한 거야? 네 글씨 아닌 것 같은데...

  這作業是你做的嗎？好像不是你的字跡啊……。

  （僅委婉地說出「네 글씨 아니다」（不是你的字），實際上之想法為「是不是請同學幫你寫的？」。）

句子連結

在韓語中，句子之間的連結方式十分多樣，其不僅表示了前後文之間的關係，更是使用者展現其文法能力的重要指標。相同的前後文內容，透過不同之方式加以連結，表現出之意義也隨之改變。

與句子連結之相關句型，顧名思義常置於句子之中間，而多樣的連結方式，則需依據實際之場景選擇使用。學習者若能將本章內容活用於對話、文章，相信必能向他人展現出自己最成熟、完善之韓語能力。

B1 | 並列與對比

B1-1 -고[1]

解　　釋：表達兩種以上動作、狀態之並列或列舉關係。

中文翻譯：既……又……、……而……、……且……

結構形態：連結語尾。

結合用例：

與「動詞」結合時			
공부하다	공부하고	돕다	돕고
읽다	읽고	웃다	웃고
만들다	만들고	짓다	짓고
닫다	닫고	쓰다	쓰고
듣다	듣고	자르다	자르고
입다	입고	놓다	놓고

與「形容詞」結合時			
따뜻하다	따뜻하고	좁다	좁고
시다	시고	춥다	춥고
같다	같고	낫다	낫고
좋다	좋고	바쁘다	바쁘고
없다	없고	빠르다	빠르고
길다	길고	이렇다	이렇고

與「名詞이다」結合時			
학생이다	학생이고	학교이다	학교(이)고

用　法：

1. 具有並列、羅列、列舉之功能，前後文間無先後關係，可與動詞、形容詞、名詞이다結合；惟若名詞이다直接與句型結合，且名詞最後一字無收尾音時，則常省略「이」。

- 여름에는 덥고 겨울에는 추워요.
  夏天很熱，而冬天很冷。
  （雖前後文內容具對立性，但「-고」並無「但是」之意，在意義上僅呈現對等之感。）

- 대만의 여름에는 덥고 비가 많이 와요.
  在臺灣的夏天既熱又多雨。

- 나는 선생님이고 너는 학생이야.
  我是老師而你是學生。

2. 由於此句型具列舉之功能，為使其對立、並列之語感更為明顯，所以若前後文的主語不同時，常在主語後方加上具對照意味之補助詞「은/는」；同時，若前後文之主語相同時，則可省略後文之主語。

- 아버지는 회사에 다니시고 어머니는 주부(이)세요.
  父親在上班而母親是主婦。

- 친구한테는 꽃을 주고 선배한테는 만년필을 줘요.
  給朋友花，給學長姐鋼筆。

3. 以「-고」連結之前後文，亦可拆解成兩個獨立句子，欲保留原先「並列、列舉」之含意，則需在兩句子中添加副詞「그리고」。

- 어제 바람이 불고 추웠어요.
  昨天既颱風又寒冷。

- 어제 바람이 불었어요. 그리고 추웠어요.
  昨天颱風，而且很冷。

  （在合併成一句時，若兩句皆使用先語末語尾「-았-/-었-/-였-」，且皆僅單純表達「過去」之含意，則在與「-고」結合時，只保留最後一個即可。）

延伸補充：

1. 若使用「-고」連結，且前後文內容無相反、相對關係時，為更清楚表達其「並列」意義，常在名詞後方添加助詞「도」。

- 오늘 아침에 운동도 하고 신문도 읽고 뉴스도 봤어요.
  今天早上既做了運動，也讀了報紙，還看了新聞。

- 내일은 명동에도 가고 대학로에도 갈 거예요.
  明天也會去明洞，也會去大學路。

2. 若欲強調「-고」前方之情形、狀態、動作已經完成，有時可搭配先語末語尾「-았-/-었-/-였-」，作「-았/었/였고」。

- 숙제도 다 했고 양치도 했으니까 이제 자야지.
  作業也都全部完成了，刷牙也刷好了，現在該睡了。

- 우리는 어디서 왔고, 무엇이며, 어디로 가는가?
  我們是從哪裡來的，又是什麼，又要往哪裡去？

句型結合實例：

1. -아/어/여 주다 + -고

   - 주말에는 빨래도 해 주고 설거지도 해 줘요.
     在週末也幫忙洗衣服也幫忙洗碗。

2. -아/어/여 보다 + -고

   - 한국에 가면 고궁에도 가 보고 재래시장에도 가 볼 거예요.
     去韓國的話，也會去看看古宮也會去看看傳統市場。

B1-2 -는/(으)ㄴ 데다가

解　　釋：表達在前文之既有情形下，對其補充附加性之動作、狀態。

中文翻譯：……再加上又……、不僅……還……、不但……又……

結構形態：由冠形詞形語尾「-는/-(으)ㄴ」後方接續具有「事情上、方面上」意義之依存名詞「데」，及帶有「附加、加乘」功能之助詞「에」，最後再加上帶有強調前文意義之補助詞「다가」，結合為「-는/(으)ㄴ 데에다가」，簡化成「-는/(으)ㄴ 데다가」。

結合用例：

與「動詞」結合時			
공부하다	공부하는 데다가	돕다	돕는 데다가
읽다	읽는 데다가	웃다	웃는 데다가
만들다	만드는 데다가*	짓다	짓는 데다가
닫다	닫는 데다가	쓰다	쓰는 데다가
듣다	듣는 데다가	자르다	자르는 데다가
입다	입는 데다가	놓다	놓는 데다가

與「形容詞」結合時			
따뜻하다	따뜻한 데다가	좁다	좁은 데다가
시다	신 데다가	춥다	추운 데다가*
같다	같은 데다가	낫다	나은 데다가*
좋다	좋은 데다가	바쁘다	바쁜 데다가
없다	없는 데다가*	빠르다	빠른 데다가
길다	긴 데다가*	그렇다	그런 데다가*

與「名詞이다」結合時			
학생이다	학생인 데다가	학교이다	학교인 데다가

用 法：

1. 具「添加、加乘」之含意，表示除前文內容中的性質、狀況外，尚有其他「程度更甚於前文」之狀況、情形、動作。前後句需具關聯性，且需為同一話題，或是描述相同、類似性質或類型之內容。

- 얼굴이 예쁜 데다가 성격이 좋아요.
  臉漂亮，再加上個性又好。

  （「얼굴이 예쁘다」（臉漂亮）與「성격이 좋다」（個性好），皆同為針對「此人的優點」、「受歡迎之原因」等某同一話題而提出。）

- 남동생은 농구를 자주 하는 데다가 매일 우유를 마셔요.
  弟弟常常打籃球，再加上又每天喝牛奶。

  （「농구를 자주 하다」（常打籃球）與「매일 우유를 마시다」（每天喝牛奶）一事，皆同為針對「擁有傲人身高之原因」、「為長高所做之努力」等某同一話題而提出。）

2. 「-는/(으)ㄴ 데다가」與動詞結合作「動詞語幹-는 데다가」，與形容詞結合作「形容詞語幹-(으)ㄴ 데다가」，與名詞이다結合則作「名詞인 데다가」。同時，「있다」及「없다」須同動詞般與句型結合，分別作「있는 데다가」、「없는 데다가」。

- 이 휴대폰은 새로운 디자인인 데다가 색깔도 예뻐서 인기가 많아요.
  這支手機不僅是新的設計，顏色還很美，所以很受歡迎。

- 이 방은 넓은 데다가 채광도 좋은 것 같아요.
  這個房間不僅寬敞，採光好像也不錯。

- 커피를 마신 데다가 낮잠을 자서 오늘 잠이 안 올 것 같아요.
  因為喝了咖啡，加上睡了午覺，所以晚上應該會睡不著。

  （前文中之動作已經完成，所以將句型中的「現在形」冠形詞形語尾「-는 데다가」，改為「過去形」冠形詞形語尾，然後與動詞結合，作「動詞語幹-(으)ㄴ 데다가」。）

3. 當用以形容某人、事、物之特徵時，表示極為讚賞、認同，或者貶低、否定，更為強調該人、事、物之優劣程度。

- 저 학생은 공부를 못하는 데다가 게을러요.
  那個學生不僅不擅長讀書，還很懶惰。

  （前後文之描述皆對學生給予貶低、否定之評價。）

- 이 학생은 운동도 잘하는 데다가 공부까지 잘해요.
  這個學生不僅擅長運動，就連讀書都很擅長。

  （前後文之描述皆對學生給予讚賞、稱讚之評價。）

延伸補充：

1. 與此句型不同，當「에다가」用於名詞間的連接，具「在、於」、「添加」之含意時，可將「다가」省略。

- 된장국에(다가) 밥을 말아서 먹으면 맛있어요.
  將飯泡入大醬湯中的話很好吃。

- 치킨에 맥주 한잔하자.
  來吃炸雞配杯啤酒吧。

B1-3 -거나

解　　釋：表達對兩種以上之人、事、物特性或動作的選擇。

中文翻譯：……或……、……或是……

結構形態：連結語尾。

結合用例：

與「動詞」結合時			
공부하다	공부하거나	돕다	돕거나
읽다	읽거나	웃다	웃거나
만들다	만들거나	짓다	짓거나
닫다	닫거나	쓰다	쓰거나
듣다	듣거나	자르다	자르거나
입다	입거나	놓다	놓거나

與「形容詞」結合時			
따뜻하다	따뜻하거나	좁다	좁거나
시다	시거나	춥다	춥거나
같다	같거나	낫다	낫거나
좋다	좋거나	바쁘다	바쁘거나
없다	없거나	빠르다	빠르거나
길다	길거나	이렇다	이렇거나

與「名詞이다」結合時			
학생이다	학생이거나	학교이다	학교(이)거나

用　法：

1. 表達在列舉之多項情形、動作中，選擇其中之某項目。可與動詞、形容詞、名詞이다結合。

- 주말에 보통 운동을 하거나 친구를 만나요.
  在週末，通常會運動或是見朋友。

- 기분이 나쁘거나 스트레스가 쌓였을 때는 잠을 자는 것이 좋아요.
  在心情不好或是壓力累積的時候，睡覺會很好。

2. 若「-거나」前方之情形、狀態、動作已經完成，可搭配先語末語尾「-았-/-었-/-였-」使用，作「-았/었/였거나」。

- 고등학교 때 밤새서 공부하거나 학원에 다니는 사람이 많았어요.
  高中的時候，熬夜讀書或上補習班的人很多。

  （單純敘述在「過去」發生之事件，僅需在句尾添加先語末語尾「-았-/-었-/-였-」。）

- 핸드폰을 꺼 버렸거나 집에 놓고 나왔을 거예요.
  可能已經關掉手機了，或是將手機放在家裡就出來了。

  （強調該動作、狀態之「完成、結束」時，則在「-거나」前文的語幹後添加先語末語尾「-았-/-었-/-였-」。）

延伸補充：

1. 若欲表達「無論、不管」意義時，亦可使用「-거나」，表示就算出現列出之狀況、行為皆無所謂，或不會對後文造成影響。

- 노래를 부르거나 춤을 추거나 자유롭게 노시면 됩니다.
  不管您是要唱歌還是要跳舞，自由地玩就可以了。

- 당신이 아프거나 말거나 난 신경 쓰지 않을 거예요.
  不管你痛還是不痛，我都不會在乎的。

> 🔍 （此時「–거나」通常會被反覆使用，且提及之兩種狀況、動作
> 通常具「對立」之含意。）

2. 與名詞이다結合時，由於「이다」本身具有「是」之含意，即「是（名詞）
   或……」，與單純表達「在多項名詞中選擇其一」意義之助詞「(이)나」不
   同，「이거나」中之「이」不可省略；相反地「(이)나」僅與名詞結合，
   「(이)나」之「이」會隨著名詞最後一字之收尾音有無適時添加及刪減。

- 교사이거나 학교에서 일하는 사람이어야 들어올 수 있습니다.
  必須是教師，或者是在學校工作的人，才可以進來。

- 시간이 없을 때 우유나 빵만 먹어요.
  沒有時間的時候，只吃牛奶或麵包。

句型結合實例：

1. -아/어/여 주다 + -거나

- 제 친구들은 제가 아플 때마다 돌봐 주거나 죽을 사 줘요.
  每當我生病的時候，我的朋友們會照顧我或是買粥給我。

2. -아/어/여 보다 + -거나

- 이곳에서는 직접 팔찌를 만들어 보거나 구매하실 수 있습니다.
  在這裡可以親自製作或是購買手鏈。

B1-4 -는/(으)ㄴ데도

解　　釋：表示就算在前文所處之狀況下，後文之動作或狀態仍不受阻礙
與限制地發生。

中文翻譯：即使……仍……、即便……依然……

結構形態：由表達前後文對立的「-는/(으)ㄴ데」，與具有「除包含現有
之外再添加」含意的「도」結合而成。

結合用例：

與「動詞」結合時			
공부하다	공부하는데도	돕다	돕는데도
읽다	읽는데도	웃다	웃는데도
만들다	만드는데도*	짓다	짓는데도
닫다	닫는데도	쓰다	쓰는데도
듣다	듣는데도	자르다	자르는데도
입다	입는데도	놓다	놓는데도

與「形容詞」結合時			
따뜻하다	따뜻한데도	좁다	좁은데도
시다	신데도	춥다	추운데도*
같다	같은데도	낫다	나은데도*
좋다	좋은데도	바쁘다	바쁜데도
없다	없는데도*	빠르다	빠른데도
길다	긴데도*	그렇다	그런데도*

與「名詞이다」結合時			
학생이다	학생인데도	학교이다	학교인데도

用　法：

1. 此句型之前後文內容通常具矛盾性、衝突性，表示依據前文內容來看，照理應當不會發生後文中之動作、情形或狀態，但實際上卻仍然不受前文內容影響而發生。

- 열심히 공부했는데도 성적이 오르지 않았어요.
  即使認真讀了書，成績依然沒有上升。

  （照理說，認真讀書的話成績應會有所進步，但卻發生了「성적이 오르지 않다」（成績並未提升）之現象。）

- 일이 많은데도 시간을 내어 줘서 고마워요.
  即使很忙仍騰出時間給我，謝謝。

  （照理說，很忙的話應該會沒時間，但卻發生了「시간을 내어 주다」（為我騰出時間）之情形。）

2. 「-는/(으)ㄴ데도」與動詞結合時作「動詞語幹-는데도」；與形容詞結合時作「形容詞語幹-(으)ㄴ데도」；與名詞이다結合時則作「名詞인데도」。同時，「있다」及「없다」須同動詞般與句型結合，分別作「있는데도」、「없는데도」。

- 주말인데도 학교에 가야 돼요.
  即使是週末仍必須去學校。

- 증상이 없는데도 굳이 검사를 받을 필요가 있나?
  即便是沒有症狀，也非得有必要接受檢查嗎？

3. 若欲陳述之狀態、行為之時間為過去，或是已完成時，可在前文添加先語末語尾「-았-/-었-/-였-」作「-았/었/였는데도」。

- 약을 먹었는데도 머리가 계속 아파요?
  即便吃了藥，頭還是痛嗎？

- 오늘은 일찍 일어났는데도 지각했어요.
  今天即使早起了，卻仍遲到了。

延伸補充：

1. 隨著語意之不同，可能具有「執意」、「徒勞無功」、「與普遍想法不同」之語感。

- 옷이 이렇게 많은데도 또 사고 싶어요?
  即使衣服這麼多，卻仍又想買嗎？

  （質疑對方衣服數量很多，卻仍「執意」要買新的。）

- 매일 헬스클럽에 가는데도 근육이 안 생겨요.
  即使每天去健身房，仍不長肌肉。

  （懊惱每天健身，卻「徒勞無功」、未有效果。）

- 새로 나온 컴퓨터가 비싼데도 잘 팔려요.
  新出的電腦即使很貴，仍賣得很好。

  （認為此現象「與普遍想法不同」，通常高價產品之銷售量較低。）

2. 若欲加強語氣，可在「-는/(으)ㄴ데도」後方加上「불구하고」，作「-는/(으)ㄴ데도 불구하고」，常用於正式場合、書面語。

- 평일인데도 불구하고 저희 결혼식에 와 주셔서 감사합니다.
  即使是平日仍來我們的結婚典禮，謝謝。

- 바쁘신데도 불구하고 참석해 주셔서 깊이 감사드립니다.
  即使很忙仍參加，在此深深地表達感謝。

B1-5 -는/(으)ㄴ데[1]

解　　釋：表達前文之動作或狀態與後文有所差異、對立。

中文翻譯：雖然……但…… 、……而…… 、但是……

結構形態：連結語尾。

結合用例：

與「動詞」結合時			
공부하다	공부하는데	돕다	돕는데
읽다	읽는데	웃다	웃는데
만들다	만드는데*	짓다	짓는데
닫다	닫는데	쓰다	쓰는데
듣다	듣는데	자르다	자르는데
입다	입는데	놓다	놓는데

與「形容詞」結合時			
따뜻하다	따뜻한데	좁다	좁은데
시다	신데	춥다	추운데*
같다	같은데	낫다	나은데*
좋다	좋은데	바쁘다	바쁜데
없다	없는데*	빠르다	빠른데
길다	긴데*	그렇다	그런데*

與「名詞이다」結合時			
학생이다	학생인데	학교이다	학교인데

用　法：

1. 此句型表示前文與後文內容之轉折，且前後文通常具對照性、相反性，首先承認、認同前文提及之內容，再接著提出與前文對立之內容。

   - 중국어는 어려운데 배우는 사람이 많아요.
     中文雖然難，但是學的人很多。

   - 일본어는 잘하는데 불어는 못해요.
     雖然擅長日語，但不擅長法語。

2. 在使用此句型時，若前後文的主語相同，則可僅保留前文之主語。同時，前後文在外觀上雖具對等性，但在意義上往往著重於後文之內容。

   - 태국 음식이 매운데 맛있어요.
     泰國食物雖然辣，但是好吃。

     （前後文描述之對象皆為「태국 음식」（泰國食物），則可省略位於後方之主語。）

   - 대만 음식은 느끼한데 일본 음식은 담백해요.
     臺灣食物油膩，但日本食物是清淡的。

     （雖對前文之事實給予承認，意義著重於後文之內容。）

3. 「-는/(으)ㄴ데」與動詞結合時作「動詞語幹-는데」；與形容詞結合時作「形容詞語幹-(으)ㄴ데」；與名詞이다結合時則作「名詞인데」。同時，「있다」及「없다」須同動詞般與句型結合，分別作「있는데」、「없는데」。

   - 내일은 주말인데 수업이 있어요.
     明天雖然是週末，但是有課。

   - 고속 철도는 빠른데 비싸요.
     高鐵雖然很快，但是很貴。

- 인삼은 좋아하는데 삼계탕은 안 좋아해요.
  雖然喜歡人蔘，但卻不喜歡蔘雞湯。

- 내일 시험이 있는데 공부 하나도 안 했어요.
  明天雖然有考試，但是我連一點書都沒有讀。

4. 若欲陳述之狀態、行為之時間為過去，或是已完成時，可在前文添加先語末語尾「-았-/-었-/-였-」，作「-았/었/였는데」。

- 옛날에는 술을 엄청 좋아했는데 지금은 아예 안 마셔요.
  以前雖然很喜歡酒，但是現在完全不喝了。

- 어제 수영장에 갔는데 수영을 안 했어요.
  昨天雖然去了游泳池，但是並沒有游泳。

5. 以「-는/(으)ㄴ데」連結之前後文，亦可拆解成兩個獨立句子，且為保留原先「但是」之含意，需在兩句子中添加副詞「그런데」。但「그런데」在實際使用時，亦常作為「話鋒一轉、話說」之意。

- 어제 친구 집에 갔는데 친구가 없었어요.
  昨天我去了朋友家，但是朋友不在。

- 어제 친구 집에 갔어요. 그런데 친구가 없었어요.
  昨天我去了朋友家。但是朋友不在。

- 그런데 무슨 일로 오셨지요?
  話說是為了什麼事情而來呢？

  （此時的「그런데」比起「但是」之意，更具有「話鋒一轉」之語氣。）

延伸補充：

1. 「-는/(으)ㄴ데」雖具「意義轉折」之含意，但實際上「相反性」之語感並非十分地強烈，因此常被使用於口語中。

    - 발은 넓은데 진짜 친한 친구는 많이 없어요.
      雖然人脈很廣，但很要好的朋友卻不多。

    - 저는 집안일도 하는데 남동생은 컴퓨터만 해요.
      我還會做家事，而弟弟卻只會玩電腦而已。

B1-6 -지만

解　　釋：表達前文人、事、物之特性與後文有所牴觸、對立。

中文翻譯：雖然……但是卻……、儘管……但……、但是……

結構形態：連結語尾「-지마는」之縮略語。

結合用例：

與「動詞」結合時			
공부하다	공부하지만	돕다	돕지만
읽다	읽지만	웃다	웃지만
만들다	만들지만	짓다	짓지만
닫다	닫지만	쓰다	쓰지만
듣다	듣지만	자르다	자르지만
입다	입지만	놓다	놓지만

與「形容詞」結合時			
따뜻하다	따뜻하지만	좁다	좁지만
시다	시지만	춥다	춥지만
같다	같지만	낫다	낫지만
좋다	좋지만	바쁘다	바쁘지만
없다	없지만	빠르다	빠르지만
길다	길지만	그렇다	그렇지만

與「名詞이다」結合時			
학생이다	학생이지만	학교이다	학교(이)지만

用　法：

1. 表示前文與後文內容之轉折，且前後文通常具對照性、相反性。首先承認、認同前文提及之內容，接著再提出與前文對立之內容。

- 한국어는 어렵지만 재미있어요.
  韓語雖然難，但是很有趣。

- 수학은 잘하지만 영어는 못해요.
  雖然擅長數學，但不擅長英語。

2. 在使用此句型時，若前後文的主語相同，可僅保留前文之主語。同時，前後文在外觀上雖具對等性，但在意義上往往著重於後文之內容。

- 한국 음식은 맵지만 맛있어요.
  韓國食物雖然辣，但是好吃。

  （前後文描述之對象皆為「한국 음식」（韓國食物），則可省略位於後方之主語。）

- 대만 음식은 짜지만 일본 음식은 담백해요.
  臺灣食物雖然鹹，但日本食物卻是清淡的。

  （雖對前文之事實給予承認，但在意義上著重於後文之內容。）

3. 「-지만」可與動詞、形容詞、名詞이다結合。此外，若名詞이다直接與句型結合，且名詞最後一字無收尾音，則常省略「이」。同時，若欲陳述之狀態、行為之時間為過去，或是已完成時，可在前文添加先語末語尾「-았-/-었-/-였-」，作「-았/었/였지만」。

- 방금 밥을 먹었지만 벌써 배고파요.

  雖然剛才吃過了飯，但早就餓了。

  （「밥을 먹었다」（吃過飯了）為已完成之動作，與過去時制結合；
  「배고프다」（肚子餓）則為現在當下之狀態，所以無須添加「-았-/-었-/-였-」。）

- 간호사(이)지만 피를 무서워해요.

  雖然是護理師，但卻害怕血。

4. 以「-지만」連結之前後文，亦可拆解成兩個獨立句子，且為保留原先「但是」之含意，需在兩句子中間添加副詞「그렇지만」。

- 소개팅을 많이 했지만 마음에 드는 사람은 하나도 없었어요.

  雖然相親很多次，但是滿意的人連一位都沒有。

- 소개팅을 많이 했어요. 그렇지만 마음에 드는 사람은 하나도 없었어요.

  雖然相親很多次。但是，滿意的人連一位都沒有。

延伸補充：

1. 「-지만」有時具有導入話題之功能，將前文作視為後句之鋪陳，類似「-는/(으)ㄴ데」之用法。

- 실례지만 누구세요?

  不好意思，請問您是誰呢？

- 이렇게 말하면 좀 그렇지만 솔직히 나 관심 없어.

  那樣説雖然不太好，但其實我並不感興趣。

  > 🔍 前後句內容並無牴觸，且並無對照性、相反性。

B2-1 -고²

解　　釋：表達動作之先後順序。

中文翻譯：先……後……、……完後……

結構形態：連結語尾。

結合用例：

與「動詞」結合時			
공부하다	공부하고	돕다	돕고
읽다	읽고	웃다	웃고
만들다	만들고	짓다	짓고
닫다	닫고	쓰다	쓰고
듣다	듣고	자르다	자르고
입다	입고	놓다	놓고

用　　法：

1. 用以連接前後之動作，表達動作之先與後。前後文中之動作通常具獨立性，
   互不牽制，僅單純敘述先後順序。

   • 숙제하고 자.
     先做完作業再睡覺。

     （「숙제하다」（做作業）與「睡覺」（자다）為互相獨立之動作，且

一般來說並無存在「必須要先做作業才可以睡覺」之絕對性，就算沒寫作業也同樣可以睡覺。）

- 대학교를 졸업하고 취업할 거예요.
  大學畢業後會去就業。

  （「대학교를 졸업하다」（大學畢業）與「취업하다」（就業）之動作互相獨立，原本即並無存在「沒畢業不能就業」之限制。）

2. 由於「-고」本身表達動作在時間上之先後關係，因此時制通常僅需置於句尾即可。同時，前後文之主語須一致，且後文主語則常被省略。

- 어제 친구를 만나서 같이 커피를 마시고 영화를 봤어요.
  昨天見朋友後一起喝咖啡，之後看了電影。

- 자기 전에 세수를 하고 이를 닦았어요.
  睡前洗臉後刷了牙。

3. 以「-고」連結之前後文，亦可拆解成兩個獨立句子，且為保留原先「動作先後」之含意，需在兩句子中添加副詞「그리고」。

- 어제 책을 읽고 독후감을 썼어요.
  昨天看完書後寫了讀後感。

- 어제 책을 읽었어요. 그리고 독후감을 썼어요.
  昨天看了書，之後寫了讀後感。

延伸補充：

1. 「-고」作為動作先後的含意時，可與「-고서」或「-고 나서」交替使用，惟「-고서」較「-고」更具強調之感，而「-고 나서」則強調前方動作之完成、結束。

- 화를 내고서 후회를 했어요.
  生完氣之後後悔了。

- 문제를 풀고 나서 정답을 알아봅시다.
  一起先解完題後，再選出正確答案。

2. 在部分情形中，「-고」既表示前後文之先後關係，同時亦可能帶有「前文之動作、行為，是導致後文動作發生之原因」這層含意。

- 어제 비를 맞고 감기에 걸렸어요.
  昨天淋了雨後感冒了。

- 그 노래 듣고 울었어.
  聽了那首歌後哭了。

B2-2 -아/어/여서[1]

解　　釋： 表示需有前文之狀況，才可導致後文發生之先後關係。

中文翻譯： ……後……、先……再……、……╳……

結構形態： 連結語尾。

結合用例：

與「動詞」結合時			
가다	가서	굽다	구워서*
오다	와서*	일어나다	일어나서*
만들다	만들어서	모이다	모여서*
앉다	앉아서	결혼하다	결혼해서*
서다	서서*	자르다	잘라서*
만나다	만나서*	쓰다	써서*

用　　法：

1. 表示動作之先後。前文之動作在結束後，該完成之狀態會持續，後文之動作再接著發生、進行。

   - 우리 배달을 시켜서 먹을까요?
     我們要不要叫外送吃呢？

   - 내일은 일찍 일어나서 공부할 거예요.
     明天會早起讀書。

2. 前後文之動作需具關聯性、接續性，且由於後文動作是在「前文動作完成後」之狀態下發生，因此前文動作亦成為後文動作發生之先決條件。

- 내일 친구를 만나서 (같이) 영화를 봐요.
  明天見朋友後一起看電影。

  （「영화를 보다」（看電影）動作是在「친구를 만나다」（見朋友）完成後之狀態下進行的，就算並未提到「같이」（一起），也同樣是與「見到的朋友」一起看電影。）

- 삼겹살은 잘라서 먹어야 돼요.
  五花肉要先剪再吃。

  （前文之「자르다」（剪），為後文「먹다」（吃）發生之先決條件，若不剪小塊一點，則無法「更小塊地、美味地吃五花肉」。）

3. 由於牽涉到動作之先後、進行順序，因此此句型僅能與動詞結合，而表示時間之時制置於句尾即可。

- 밤에 출출해서 라면을 끓여서 먹었어요.
  晚上因為有點餓，所以煮了泡麵吃。

- 은행에 가서 환전을 했어요.
  去銀行換了錢。

4. 考量到前後文動作具備之關聯性，「-아/어/여서」前方之動作具有侷限性，並非所有動詞皆可置於前文。另外，考量到前後文動作之接續性，前後文主語必須一致，且後文主語常被省略。

- 여기는 친구끼리 모여서 게임하기 좋은 PC방이에요.
  這裡是適合朋友們聚在一起玩遊戲的網咖。

  （「모이다」（聚集）與「게임하다」（玩遊戲）動作之主語皆為「친구」（朋友）。）

- 우리 앉아서 얘기할까요?

  我們要不要坐下來聊聊呢？

  （「앉다」（坐）與「얘기하다」（聊天）動作之主語皆為「우리」（我們）。）

延伸補充：

1. 「穿戴動詞」不置於「-아/어/여서」前面，而是用「-고」，即穿戴動詞並非後文動作發生之先決、必須條件。

   - 시험장에 모자를 쓰고 가도 돼요?

     可以戴帽子進去試場嗎？

   - 밖이 추우니까 패딩을 입고 나가요.

     外面很冷，請穿羽絨衣出門。

   > 🔍 常見之穿戴動詞有：「입다」（穿（服裝））、「신다」（穿（鞋襪））、「쓰다」（戴（帽子、眼鏡））、「들다」（提（包包））。

2. 在實際使用時，有時會將「서」予以省略，僅保留「-아/어/여」。

   - 족발을 시켜 먹는 게 어때요?

     叫豬腳來吃如何？

   - 시간이 없을 때는 요리 안 하고 사 먹어요.

     沒有時間的時候不做飯，而是買來吃。

B2-3 -다가

解　　釋：表達前文之動作進行至一半且尚未結束時，隨即轉換至另一動作。

中文翻譯：……到一半……、……著……著……、……途中……

結構形態：連結語尾。

結合用例：

與「動詞」結合時			
공부하다	공부하다가	돕다	돕다가
읽다	읽다가	웃다	웃다가
만들다	만들다가	짓다	짓다가
닫다	닫다가	쓰다	쓰다가
듣다	듣다가	자르다	자르다가
입다	입다가	놓다	놓다가

用　　法：

1. 表達兩動作間之先後、轉換，且此轉換乃是在前一動作的進行「尚未完全結束，但卻在中途停止」之情況下，即開始進行後一動作。

   - 쭉 가다가 오른쪽으로 가세요.
     一直往前走，並在途中向右走。

     （「쭉 가다」（直走）此動作在尚未結束之情況下，中途即進行「오른쪽으로 가다」（向右走）之動作。）

- 숙제하다가 모르는 게 있으면 물어 보세요.

  做作業做到一半若有不清楚的部分，請詢問看看。

  （「숙제하다」（做作業）此動作在尚未結束之情況下，中途即進行「묻다」（詢問）之動作。）

2. 由於「-다가」表示前文中動作之未完成，因此前方不與先語末語尾「-았-/-었-/-였-」結合，僅與動詞結合。同時，前後文之主語須一致，且後文主語常被省略。

- 어제 밥을 먹다가 전화를 받았어요.

  昨天吃飯吃到一半接到了電話。

- 수업을 듣다가 졸았어요.

  課聽著聽著就打瞌睡了。

> 🔍 句中之主語予以省略，但前後文之主語一致，皆為同一人。

延伸補充：

1. 在描述部分情況時，前文中之動作不一定需要暫時停止，而是仍持續進行，且接著與後文中之動作同時並行。

- 자다가 이상한 꿈을 꾸었어요.

  睡到一半做了奇怪的夢。

- 편지를 쓰다가 울었어요.

  信寫著寫著就哭了。

2. 在部分情形中，前後文具因果關係，前文動作為導致後文結果發生之原因。此時前後文之主語可能並非一致，但必須存在關聯性，即須為同一主題。

- 졸음운전을 하다가 사고가 났어요.

疲勞駕駛途中發生了事故。

- 늦잠을 자다가 학원에 지각했어요.
  睡過頭，上補習班遲到了。

> 🔍 前文動作為後文內容之原因，且後文之敘述、狀況常具「負面性」，並非主語預期、期望發生之內容。

3. 在實際使用時，有時會將「가」予以省略，作「-다」。

- 드라마를 보다 잤어요.
  看連續劇，看著看著就睡著了。

- 친구가 급하게 도망가다 넘어졌어요.
  朋友在急忙逃跑的途中跌倒了。

B2-4 -았/었/였다가

解　　釋：表示在前文動作已完成之狀況下，與具相反性之動作間的接續。

中文翻譯：……之後…… 、 ……╳……

結構形態：由具「完成、結束」含意之先語末語尾「-았-/-었-/-였-」，與表示「附加意思」之「-다가」結合而成，可推斷前文動作處已結束、完成之狀態。

結合用例：

與「動詞」結合時			
가다	갔다가*	일어나다	일어났다가*
오다	왔다가*	웃다	웃었다가
열다	열었다가	벗다	벗었다가
닫다	닫았다가	쓰다	썼다가*
하다	했다가*	끄다	껐다가*
입다	입었다가	넣다	넣었다가

用　　法：

1. 表達兩動作間之先後、接續，且在前一動作「已完成、完全結束」之情況下，再接著進行後一動作。

   - 편지를 썼다가 마음에 안 들어서 찢었어요.
     信寫完之後由於不滿意，撕掉了。

     （「편지를 쓰다」（寫信）之動作已完全結束，之後才進行「찢다」（撕）之動作。）

- 이번 주말에 고향에 갔다가 올 거예요.
  這週末將會回家鄉一趟。

  （「고향에 갔다 오다」（回家鄉一趟）包含「가다」（去）與「오다」（來）兩動作，而動作「來」會在「去」之動作完全結束後進行。）

2. 「-았/었/였다가」前後文之動作間，在意義上具相關性，但同時具備相反性、對立性。由於此限制，導致可與此句型結合之動詞為數較少。

- 신발을 신었다가 벗었어요.
  穿了鞋後脫掉。

  （「신다」（穿）與「벗다」（脫）具相關性，且同時具對立性、相反性。）

- 약속했다가 갑자기 급한 일이 생겨서 취소했어요.
  約好後因為突然有急事，將其取消了。

  （「약속하다」（約定）與「취소하다」（取消）具相關性，且在意義上具相反性。）

3. 由於「-았/었/였다가」表示兩動作間之先後、接續，因此僅與「動詞」結合。同時，前後文之主語須一致，且後文之主語常被省略。

- 옷을 샀다가 사이즈가 안 맞아서 환불했어요.
  買了衣服後因為尺寸不合，所以退貨了。

- 창문을 열었다가 먼지가 들어와서 다시 닫았어요.
  開了窗戶後因為灰塵進來，所以又關上了。

延伸補充：

1. 在描述部分情況時，前文內容為後文內容之「前情提要」，即首先進行前文之動作，之後才發生後文中之狀況、情形。此時前後文並無太多額外之限制，惟「-았/었/였다가」前方仍必須為動詞。

- 도서관에 갔다가 책을 하나 빌렸어요.
  去圖書館，然後借了一本書。

- 마라훠궈를 먹었다가 배탈이 났어요.
  吃了麻辣火鍋然後肚子痛。

  > 🔍 後文之狀況、情形，通常並非主語計畫、預期、預料到的內容。

2. 在實際使用時，有時會將「가」予以省略，作「-았/었/였다」。

- 화장실 갔다 올게요.
  我去一趟洗手間。

- 다른 곳에 들렀다 집에 왔어요.
  先順道去了別的地方後回到了家。

B2-5 -아/어/여다가

解　　釋：表示在某處進行動作後，將該動作導致之結果帶至他處，之後
　　　　進行另一動作。

中文翻譯：⋯⋯後⋯⋯、⋯⋯並⋯⋯、⋯⋯╳⋯⋯

結構形態：由具「狀態持續」意義之「-아/어/여」，與表示「附加意思」
　　　　之「-다가」結合而成。

結合用例：

與「動詞」結合時			
하다	해다가*	가지다	가져다가*
빌리다	빌려다가*	줍다	주워다가*
만들다	만들어다가	짓다	지어다가*
사다	사다가*	쓰다	써다가*
데리다	데려다가*	자르다	잘라다가*
꺼내다	꺼내다가*	놓다	놓아다가

用　法：

1. 表達兩動作間之接續。先進行前文之動作並維持其結果，接著將該結果帶至
   他處，之後進行另一動作。

   • 케이크를 만들어다가 반 친구랑 같이 먹었어요.
     做了蛋糕然後和班上朋友一起吃了。

     （「케이크를 만들어다」（做蛋糕）動作完成後，將「做好的蛋糕」帶
     去另一場所，接著進行「반 친구랑 같이 먹다」（和班上朋友一起吃）之
     動作。）

- 라멘을 사다가 먹었어요.
  買了拉麵吃了。

  (「라멘을 사다」（買拉麵）動作完成後，將「買好的拉麵」帶至他處，隨後進行「먹다」（吃）之動作。）

2. 由於必須先獲得進行前文動作導致之結果，後文動作始得以進行，因此「-아/어/여다가」前方僅可與動詞結合，且不需額外添加先語末語尾「-았-/-었-/-였-」。同時，前後主語必須一致，且主語常予以省略。

- 여름 방학 때 도서관에서 책을 빌려다가 읽었어요.
  暑假的時候，從圖書館借了書來看。

- 내가 과일을 가져다가 친구에게 줬어.
  我帶水果並給了朋友。

3. 在實際使用時，有時會將「가」予以省略，作「-아/어/여다」。

- 친구에게 교과서를 가져다 줬어요.
  將課本拿給了朋友。

- 족발 2인분을 테이크아웃해다 먹었어요.
  外帶 2 人份的豬腳後吃了。

延伸補充：

1. 「사다」與「-아/어/여다가」結合作「사(아)다 주다」，為「買……後拿給……」之意；「사다」與「-아/어/여 주다」結合作「사(아) 주다」，為「買給……、請客」之意。兩者雖在形態上相似，在意義上卻截然不同。

- 돌아오는 길에 우유를 좀 사다 줄 수 있어요?
  在回來的路上，可以買牛奶後拿給我嗎？

  （此處之「주다」確實為「給」之動作；「우유를 사다」（買牛奶）動作完成後，將「買好的牛奶」帶至他處，隨後進行「주다」（給）之動作。）

- 합격했으니까 맛있는 걸 사 줄게요.

  因為你合格了，請你吃好吃的東西。

  （此處之「주다」並非「給」之動作，僅為補充、添加含意之補助動詞，句中之動作，實際上僅有「사다」（買）。）

B2-6 -(으)면서

解　　釋： 表達動作之同時進行，或是狀態、性質之同時具備。

中文翻譯： 一邊……一邊……、……同時……、既……同時又……

結構形態： 連結語尾。

結合用例：

與「動詞」結合時

공부하다	공부하면서	돕다	도우면서*
읽다	읽으면서	웃다	웃으면서
만들다	만들면서*	짓다	지으면서*
닫다	닫으면서	쓰다	쓰면서
듣다	들으면서*	자르다	자르면서
입다	입으면서	놓다	놓으면서

與「形容詞」結合時

따뜻하다	따뜻하면서	좁다	좁으면서
시다	시면서	춥다	추우면서*
같다	같으면서	낫다	나으면서*
좋다	좋으면서	바쁘다	바쁘면서
없다	없으면서	빠르다	빠르면서
길다	길면서*	그렇다	그러면서*

與「名詞이다」結合時			
학생이다	학생이면서	학교이다	학교(이)면서

用 法：

1. 具「同時」之含意，搭配動詞使用時，表示前後文動作之同時進行。此時，前後文之動作並不一定需要在當下同時進行，在某一特定期間內交錯、交替、輪流行動時亦可使用。

- 밥을 먹으면서 텔레비전을 보지 마세요.
  請不要一邊吃飯一邊看電視。

  (「밥을 먹다」（吃飯）與「텔레비전을 보다」（看電視）兩動作，在「當下」同時進行。)

- 대학교 때 아르바이트를 하면서 공부하는 학생들이 많아요.
  在大學的時候，有很多一邊打工一邊讀書的學生。

  (「아르바이트를 하다」（打工）與「공부하다」（讀書）兩動作，在特定期間內「交錯」進行。)

2. 與形容詞、名詞이다結合時，表示同時具備兩種特性、狀態，即不同之特性、狀態同時存在。

- 예쁘면서 향기도 좋은 장미꽃이에요.
  是既美麗，同時香氣又好的薔薇花。

- 그는 대학원생이면서 한국어 선생님이에요.
  他既是位研究生，同時也是位韓語老師。

3. 由於描述之動作、狀態為某一人、事、物同時進行或具備，因此前後句之主語須一致。且由於為同時，因此時制、狀態等，通常僅需置於句尾即可。

- 어제 누나가 샤워하면서 노래를 불렀어요.
  昨天姊姊一邊沖澡一邊唱歌。

- 딸은 예쁘면서 착했어요.
  女兒過去既漂亮又善良。

延伸補充：

1. 表示前後文內容相反之「-(으)면서도」，在使用時亦常省略「도」作「-(으)면서」。此用法與表示「同時」意義之本句型不同，乃前後文中的動作、狀態呈對立關係。

- 두 사람은 서로 사랑하면서도 결혼은 안 했어요.
  兩人雖然相愛，卻沒有結婚。

- 공부를 잘하면서 좋은 대학교에 못 갔어요?
  很會讀書，卻沒進到好大學？

句型結合實例：

1. -아/어/여 보다 + -(으)면서

- 직접 체험해 보면서 한옥 문화에 대해 이해할 수 있습니다.
  可以在親自體驗的同時理解韓屋文化。

原因與理由

B3-1 -아/어/여서²

解　　釋：表示前文內容為導致後文發生之原因。

中文翻譯：因為……所以……、因為……的關係……

結構形態：連結語尾。

結合用例：

與「動詞」結合時			
공부하다	공부해서*	돕다	도와서*
읽다	읽어서	웃다	웃어서
만들다	만들어서	짓다	지어서*
닫다	닫아서	쓰다	써서*
듣다	들어서	자르다	잘라서*
입다	입어서	놓다	놓아서

與「形容詞」結合時			
따뜻하다	따뜻해서*	좁다	좁아서
시다	셔서*	춥다	추워서*
아니다	아니어서	낫다	나아서*
좋다	좋아서	바쁘다	바빠서*
없다	없어서	빠르다	빨라서*
길다	길어서	빨갛다	빨개서*

학생이다	학생이어서	학교이다	학교여서

用　法：

1. 表示原因。前文內容為導致後文動作、狀態發生或存在的原因，同時將焦點放置於前文，即「原因」之部分。

- 태풍이 와서 여행을 못 갔어요.
  因為颱風來，所以沒能去旅行。

- 어제는 머리가 너무 아파서 학교에 못 왔어요.
  昨天因為頭實在是太痛了，所以沒有辦法來學校。

2. 本句型前方可與動詞、形容詞、名詞이다結合，其中與名詞이다一起使用時，若名詞最後一字有收尾音作「名詞이어서」，無收尾音則作「名詞여서」。

- 친구 생일이어서 선물을 샀어요.
  因為是朋友的生日，所以買了禮物。

- 늘 챙겨 주서서 감사합니다.
  因為您總是很照顧我，非常感謝。

- 음식이 맛있어서 그 식당에 자주 가는 거예요.
  因為食物很好吃，所以常去那間餐廳。

3. 「-아/어/여서」前方不需另外與先語末語尾「-았-/-었-/-였-」結合，也因此無法確切清楚前文狀態、動作發生之時間，需要靠聽者視前後文、當下情況給予判斷。同時，由於為單純地說明原因，因此前後狀況、動作發生之時間可不同。

B
句子連結

- 다음 학기에 한국에 가야 돼서 어제 주 타이베이 대한민국 대표부에 갔어요.

  因為下學期要去韓國，所以昨天去了駐台北韓國代表部。

  （去韓國於「다음 학기」（下學期）才進行，而去代表部於「어제」（昨天）就發生，所以乃單純敘述未來將發生之狀況為導致過去行為發生之原因。）

- 내일 시험이 있어서 공부를 열심히 하고 있어요.

  因爲明天有考試，所以正在認真地用功。

  （考試於「내일」（明天）才進行，讀書於「오늘」（今天）進行，所以乃單純敘述未來將發生之狀況為導致當下行為發生之原因。）

4. 在同一句中重複使用此句型時，有時會將「서」予以省略，作「-아/어/여」。

- 돈이 없어 학비를 못 내서 유학을 포기했어요.

  因為沒錢付學費，所以放棄了留學。

5. 以「-아/어/여서」連結之前後文，亦可拆解成兩個獨立句子，而為保留原先「因為」之含意，需在兩句子中添加副詞「그래서」。

- 어제 일교차가 커서 감기에 걸렸어요.

  昨天因為日溫差大，所以感冒了。

- 어제 일교차가 컸어요. 그래서 감기에 걸렸어요.

  昨天因為日溫差大。所以，感冒了。

> 🔍 在合併成一句時，若兩句皆使用先語末語尾「-았-/-었-/-였-」，且皆僅單純表達「過去」之含意，則在與「-아/어/여서」結合時保留一個即可，且必須置於句子之最後方。）

6. 在利用此句型作為答覆時，由於重點為說明「原因」，因此「-아/어/여서」後方之內容常被予以省略，且若聽者為長輩或社會地位較高的人，則必須加上「요」。

- A: 오, 밥을 많이 먹었네.
  喔，飯吃了很多呢。

  B: 배고파서요.
  因為很餓。

7. 在使用「-아/어/여서」時，句尾不得與具命令、共動含意之「-(으)십시오」、「-(으)ㅂ시다」、「-자」、「-(으)ㄹ까요?」等表現一同使用。

· **延伸補充：**

1. 「-아/어/여서」在作為表示「原因」時，位於前文之原因通常具「一般性」、「通常性」、「合理性」，所以若與涉及「個人主觀判斷」、「理所當然」、「不具合理性」之原因一同使用，則略顯生硬。

- 눈이 와서 길이 아주 많이 막혔어요.
  因為下雪，所以路上塞車很嚴重。

  （「눈이 오다」（下雪）作為「길이 막히다」（塞車）之原因，具合理性。）

- A: 왜 그 사람을 좋아해요?
  為什麼會喜歡那個人呢？

  B: 성격이 좋아서 좋아해요.
  因為個性好，所以喜歡他。

  （單純「一般地」說出「좋아하다」（喜歡）之原因。）

2. 與名詞이다一同使用時，除了依據名詞最後一字收尾音之有無寫作「名詞이어서」、「名詞여서」之外，在口語中亦可作「名詞이라서」、「名詞라서」，分別與「最後一字有收尾音之名詞」及「最後一字無收尾音之名詞」結合。

- 아직 학생이라서 직장에 대해서는 아직 잘 몰라요.
  因為還是學生的緣故，尚對職場不太了解。

- 그건 자네가 당사자라서 그래.
  那是因為你是當事人（所以才那樣子）。

・句型結合實例：

1. -고 싶다 + -아/어/여서

- 한국어 실력을 늘리고 싶어서 어학당에 다녀요.
  因為想增強韓語實力，所以在上語學堂。

2. -(으)ㄹ 수 있다 [없다] + -아/어/여서

- 맨손으로 올 수 없어서 선물을 하나 사 왔지요.
  因為不能空手來，所以就買個禮物來了。

B3-2 -(으)니까

解　　釋：表示前文內容為導致後文發生之理由、根據。

中文翻譯：因為……所以……、因為……、既然……就……、……✕……

結構形態：連結語尾。

結合用例：

與「動詞」結合時			
공부하다	공부하니까	돕다	도우니까*
읽다	읽으니까	웃다	웃으니까
만들다	만드니까*	짓다	지으니까*
닫다	닫으니까	쓰다	쓰니까
듣다	들으니까*	자르다	자르니까
입다	입으니까	놓다	놓으니까

與「形容詞」結合時			
따뜻하다	따뜻하니까	좁다	좁으니까
시다	시니까	춥다	추우니까*
같다	같으니까	낫다	나으니까*
좋다	좋으니까	바쁘다	바쁘니까
없다	없으니까	빠르다	빠르니까
길다	기니까*	빨갛다	빨가니까*

與「名詞이다」結合時

학생이다	학생이니까	학교이다	학교(이)니까

用　法：

1. 表示理由。前文內容為導致後文動作、狀態發生或存在的理由，同時將焦點放置於後文，即「結果、結論」之部分。

   - 밥을 다 먹었으니까 이제 가자.
     既然已經吃完了，我們就走吧。

   - 점심에 만나는 거니까 출발했겠지?
     既然是中午見面，肯定早就出發了吧？

2. 本句型前方可與動詞、形容詞、名詞이다結合；惟若名詞이다直接與句型結合，且名詞最後一字無收尾音，則常省略「이」。同時，若前方欲陳述之狀態、行為已完成，或為過去，則必須於「-(으)니까」前方加上先語末語尾「-았-/-었-/-였-」，作「-았/었/였으니까」。

   - 방학이니까 사람이 많을 거예요.
     因為是放假，人應該會很多。

   - 공부를 안 했으니까 이렇게 빵점을 받았지.
     沒有讀書，所以才會這樣子拿到零鴨蛋。

3. 在實際使用時，有時會將「까」予以省略，作「-(으)니」。

   - 바닥이 미끄러우니 조심하세요.
     地板很滑，請小心。

   - 약속을 했으니 가기 싫어도 가야 돼요.
     既然已經約定好了，就算不想去也要去。

4. 在利用此句型作為答覆時，若對將要回覆之理由感到「理所當然」，則「-(으)니까」後方之內容常予以省略。同時，若聽者為長輩或社會地位較高的人，則必須加上「요」。

- A: 왜 그렇게 서둘러?

  為什麼那麼匆忙呢？

  B: 이미 늦었으니까.

  因為已經遲到了。

  （表達視「遲到了當然要快點」為理所當然。）

5. 「-(으)니까」除可用於陳述句、疑問句，尚可用於命令句、共動句。

- 날씨가 추우니까 교실로 빨리 들어가자.

  天氣很冷，我們趕快進去教室吧。

- 게장이 맛있으니까 많이 드세요.

  醬螃蟹很好吃，多吃點。

  🔍 用於命令句、共動句時，前文的內容為命令、提議之「直接性」理由。

延伸補充：

1. 「-(으)니까」在作為表示「理由」時，常具有「理當」、「應當」、「肯定是」之語感，或提出之理由帶有「強烈的解釋性」、「自己的觀點、想法」、「特殊性」；同時，不與「고맙다」（感謝）、「감사하다」（感謝）、「미안하다」（對不起）、「죄송하다」（對不起）等詞彙並用。

- 돈을 냈으니까 마음껏 먹을 수 있지요.

  既然付錢了，理當可以隨心所欲地吃。

- 아버지가 똑똑하니까 아이도 똑똑할 거예요.

  因為爸爸很聰明，小孩理當也應該會很聰明。

句型結合實例：

1. -(으)면 안 되다 + -(으)니까

   - 실수하면 안 되니까 연습을 많이 해야 됩니다.
     因為不能失誤，所以必須多加練習。

2. -고 있다 + -(으)니까

   - 제가 지금 회의하고 있으니까 좀 이따 전화해 주세요.
     因為我現在正在開會，請稍後再打電話給我。

B3-3 -기 때문에

解　　釋：表示前文為導致後文之緣由。

中文翻譯：因為……所以……、由於……的緣故……

結構形態：由名詞形轉成語尾「-기」、具「事情緣由」意義之依存名詞「때문」，與助詞「에」結合而成。

結合用例：

與「動詞」結合時			
공부하다	공부하기 때문에	돕다	돕기 때문에
읽다	읽기 때문에	웃다	웃기 때문에
만들다	만들기 때문에	짓다	짓기 때문에
닫다	닫기 때문에	쓰다	쓰기 때문에
듣다	듣기 때문에	자르다	자르기 때문에
입다	입기 때문에	놓다	놓기 때문에

與「形容詞」結合時			
따뜻하다	따뜻하기 때문에	좁다	좁기 때문에
시다	시기 때문에	춥다	춥기 때문에
아니다	아니기 때문에	낫다	낫기 때문에
좋다	좋기 때문에	바쁘다	바쁘기 때문에
없다	없기 때문에	빠르다	빠르기 때문에
길다	길기 때문에	그렇다	그렇기 때문에

與「名詞이다」結合時			
학생이다	학생이기 때문에	학교이다	학교이기 때문에

用　法：

1. 表示緣由。前文內容為導致後文動作、狀態發生或存在的緣由，強調「緣故」之語感十分強烈。由於語氣較為強烈，因此較常用於書面語、正式場合中。

- 저는 한국 드라마를 좋아하기 때문에 한국어를 배웁니다.
  我因為喜歡韓劇，所以學習韓語。

- 돈이 없기 때문에 쇼핑을 안 합니다.
  因為沒有錢，所以不購物。

2. 「-기 때문에」前方可與動詞、形容詞、名詞이다結合。與名詞이다結合時作「名詞이기 때문에」，為「因為是……所以……」之意。

- 학생이기 때문에 공부를 열심히 해야 합니다.
  因為是學生，所以必須認真讀書。

- 부모님 생신이기 때문에 고향에 돌아갑니다.
  因為是父母親的生日，所以回去家鄉。

3. 若前方欲陳述之狀態、行為之時間為過去，則必須於「-기 때문에」前方加上先語末語尾「-았-/-었-/-였-」，作「-았/었/였기 때문에」。

- 작년에는 시간이 없었기 때문에 여행을 갈 수 없었습니다.
  去年因為沒有時間，所以不能去旅行。

- 할 일이 많았기 때문에 한숨도 못 잤어요.
  因為之前要做的事情很多，所以連覺都沒睡。

4. 句尾不得與具命令、共動、建議、意志含意之「-(으)십시오」、「-(으)ㅂ시다」、「-자」、「-(으)ㄹ까요?」、「-(으)ㄹ래요?」等表現一同使用。

延伸補充:

1. 若欲利用「-기 때문에」且僅陳述「緣由」時,可將助詞「에」替換為具「是」意義之「이다」,作「-기 때문이다」。

- 왜냐하면, 누구보다 더 열심히 노력했기 때문입니다.
  為什麼呢?因為他比任何人都還要來得更認真努力。

2. 在使用「-기 때문에」時,前文為緣由,後文為結果。若是欲更強調「緣故」時,可將句子倒裝處理,首先將助詞「에」替換為具「是」意義之「이다」,作「-기 때문이다」,再將其置於句末。

- 그 상품의 인기가 높은 이유는 가성비가 높기 때문입니다.
  那個商品受歡迎的原因,是因為性價比很高。

- 내가 성공하지 못한 이유는 끝까지 버티지 못했기 때문이에요.
  我無法成功的原因,是因為我無法堅持到最後。

B3-4 때문에

解　　釋：表達因為前文之名詞，而導致後文之情形、狀況發生。

中文翻譯：因為……的緣故……、因為……

結構形態：由具「事情緣由」意義之依存名詞「때문」，與助詞「에」結合而成。

結合用例：

與「名詞」結合時			
학생	학생 때문에	학교	학교 때문에

用　　法：

1. 表示前方名詞為導致後文內容發生之緣由。即因為前方名詞的緣故，導致後文動作、狀態的發生。

   - 가족 때문에 행복합니다.
     因為家人的緣故，我感到很幸福。

   - 눈 때문에 길이 미끄러워요.
     因為雪的緣故，路很滑。

2. 「때문에」前方搭配名詞使用，但可與此句型搭配使用之名詞則具限制。該名詞必須與後文有明確之關聯性，即當聽者聽到該名詞時，需要能立即聯想到其與後文的連結、之間的關係。

   - 매주의 단어 퀴즈 때문에 힘들어요.
     因為每週的單字考試而感到很累。

     （聽者在聽到「단어 퀴즈」（單字考試）時，可以很自然地聯想到其與「힘들다」（累）之間的關聯。）

- 욕심 때문에 인생을 망쳤어요.
  因為貪婪而毀了人生。

  （聽者在聽到「욕심」（貪婪）時，可以知道其與「인생을 망치다」（毀掉人生）之間的關聯。）

延伸補充：

1. 「때문에」後文可為正面或負面意義之內容，此時前方之名詞則分別具有「多虧」、「怪罪」之意；與此同時，在口語中常作為負面意義使用。

   - 너 때문에 우리 형이 다쳤어.
     都是因為你，害得我哥哥受傷了。

     （用作負面意義，含有「怪罪、責難」之含意。）

   - 당신 때문에 내가 웃을 수 있지요.
     因為你，我才能有笑容。

     （用作正面意義，含有「幸虧、多虧」之含意。）

2. 若欲利用「때문에」且僅陳述「緣由」時，可將助詞「에」替換為具「是」意義之「이다」，作「名詞 때문이다」。

   - A: 이게 다 너 때문이야.
     這全部都是因為你的錯。
   - B: 뭐? 나 때문이라고?
     什麼？你説是因為我嗎？

B4-1 -(으)면

解　　釋：表示前文內容為後文事件發生、進行之條件或假設。

中文翻譯：……的話會……、如果……的話……、……╳……

結構形態：連結語尾。

結合用例：

與「動詞」結合時			
공부하다	공부하면	돕다	도우면*
읽다	읽으면	웃다	웃으면
만들다	만들면*	짓다	지으면*
닫다	닫으면	쓰다	쓰면
듣다	들으면*	자르다	자르면
입다	입으면	놓다	놓으면

與「形容詞」結合時			
따뜻하다	따뜻하면	좁다	좁으면
시다	시면	춥다	추우면*
같다	같으면	낫다	나으면*
좋다	좋으면	바쁘다	바쁘면
없다	없으면	빠르다	빠르면
길다	길면*	그렇다	그러면*

與「名詞이다」結合時			
학생이다	학생이면	학교이다	학교(이)면

用 法：

1. 表示「前提」。首先必須滿足、達成前文中敘述之前提，後文之動作、狀況才得以進行、發生。根據前提之假定與否，又可將條件區分為「條件性前提」、「假設性前提」。

- 저는 기분이 좋으면 노래를 해요.
  我心情好的話會唱歌。

  （單純敘述「事實」，並未做出假定，為「條件性前提」。）

- 내일 비가 오면 산에 안 가요.
  明天要是下雨的話，就不去山上了。

  （以「不確定之狀況」為條件並做出假定，為「假設性前提」。）

2. 此句型前方可與動詞、形容詞、名詞이다結合。其中，若名詞이다直接與句型結合，且名詞最後一字無收尾音時，則常省略「이」。

- 집에 도착하시면 전화 주세요.
  到家的話打電話給我。

- 시간이 있으면 같이 놀러 가요.
  有時間的話一起去玩吧。

- 이것은 한국 사람이면 누구나 아는 노래예요.
  這個是只要是韓國人的話，誰都知道的歌。

3. 當「-(으)면」作為「條件性前提」使用時，前文必須為事實、常態、習慣等不具假設性，或不具不確定性之內容。若後文之狀況、動作，必須仰賴該事實之「完成狀態」才得以發生，則可在「-(으)면」前方加上先語末語尾「-았-/-었-/-였-」，作「-았/었/였으면」。

- 봄이 오면 꽃이 펴요.

  春來花開。

  （「봄이 오면 꽃이 피다」（春來花開）一事為常態，且為事實。）

- 대만에 왔으면 지우펀에 가야지.

  既然都已經來到臺灣了，一定要去九份吧。

  （「대만에 왔다」（來到臺灣了）為「已完成」之事實與條件，且唯有「來到臺灣」一動作完成後，才可以進一步前往九份。）

4. 另一方面，當「-(으)면」作為「假設性前提」使用時，前文通常為尚未發生、不確定之內容，具有「如果、萬一」之語感。若所假設之狀況為「已經完成」之狀況、動作，則可在「-(으)면」前方加上先語末語尾「-았-/-었-/-였-」，作「-았/었/였으면」。

- 복권에 당첨되면 무엇을 하고 싶어요?

  如果彩券中獎的話，想做什麼呢。

  （「복권에 당첨되다」（中彩券）為尚未發生且不確定之事，假設其為事實，並將該假設作為「무엇을 하다」（做什麼）此動作的前提。）

- 만약에 표가 다 팔렸으면 어떻게 해요?

  萬一票全都已經賣光了的話，怎麼辦呢？

  （「표가 다 팔렸다」（票全都賣光了）為已經完成、結束之動作，假設其為事實，並將該假設作為「어떻게 하다」（怎麼辦）此後續動作之前提。）

延伸補充：

1. 欲針對與現在，或與過去相反之事表達「惋惜」、「懊悔」、「幸虧」、「怪罪」等心境，可在「-(으)면」前方加上「-았-/-었-/-였-」，作「-았/었/였으면」，此時是對「與現在或過去相反」之情形的假設。

- 어제 컴퓨터 게임을 하지 않았으면 숙제를 끝냈을 거예요.
  要是昨天沒有玩電腦遊戲，就可以完成作業了。

  （事實為「컴퓨터 게임을 했다」（當時玩了遊戲），話者只是假設其未發生並推測可能之結果，含有「懊悔」之心情。）

- 내가 여기에 오지 않았으면 그 사람을 만날 수 있었을까?
  如果我當時沒有來這裡，能遇見那個人嗎？

  （事實為「왔다」（當時來了），話者只是假設其未發生並推測可能之結果，含有「幸虧」之心情。）

句型結合實例：

1. -고 싶다 + -(으)면

- 울고 싶으면 참지 말고 우세요.
  想哭的話不要忍著，就哭出來。

2. -아/어/여 보다 + -(으)면

- 너도 이런 일을 겪어 보면 내 심정을 알 거야.
  如果你也經歷看看這種事情的話，會了解我的心情的。

B4-2 -(으)려면

解　　釋：表示意圖達成前文中之動作，必須先以後文中動作之進行為前提。

中文翻譯：想……的話……

結構形態：由「-(으)려고 하면」簡化而來；「-(으)려고 하면」則由表「主語意志」之「-(으)려고 하다」，與表示「條件、假設」之「-(으)면」結合而成。

結合用例：

與「動詞」結合時			
공부하다	공부하려면	돕다	도우려면*
읽다	읽으려면	웃다	웃으려면
만들다	만들려면*	짓다	지으려면*
닫다	닫으려면	쓰다	쓰려면
듣다	들으려면*	자르다	자르려면
입다	입으려면	넣다	넣으려면

用　　法：

1. 表示欲達成前文之目的，需要以後文內容作為前提條件，即必須滿足、達成後文之內容，才可以實現前文之內容。

   - 한국말을 잘하려면 연습을 많이 하세요.
     想說好韓語的話，請多練習。

   - 감기에 걸리지 않으려면 손을 자주 씻어야 돼요.
     不想感冒的話，必須常常洗手。

2. 由於「-(으)려면」中含有表示「意志」含意之「-(으)려고 하다」，因此
   「-(으)려면」前方僅能與動詞結合，且前方無需另外添加與時制相關之文法
   要素。

- 내일 지각하지 않으려면 일찍 자는 게 좋을 것 같아요.
  明天不想遲到的話，早一點睡比較好。

- 시청에 가려면 버스를 타면 돼요.
  想去市政府的話，搭公車就可以了。

B4-3 -아/어/여도

解　　釋：表達即使承認或假設前文之內容，後文之情況仍不受影響地發
　　　　　生、存在。

中文翻譯：就算……也……、即便……仍……、無論……也……

結構形態：連結語尾。

結合用例：

<table>
<tr><td colspan="4" align="center">與「動詞」結合時</td></tr>
<tr><td>공부하다</td><td>공부해도*</td><td>돕다</td><td>도와도*</td></tr>
<tr><td>읽다</td><td>읽어도</td><td>웃다</td><td>웃어도</td></tr>
<tr><td>만들다</td><td>만들어도</td><td>짓다</td><td>지어도*</td></tr>
<tr><td>닫다</td><td>닫아도</td><td>쓰다</td><td>써도*</td></tr>
<tr><td>듣다</td><td>들어도*</td><td>자르다</td><td>잘라도*</td></tr>
<tr><td>입다</td><td>입어도</td><td>놓다</td><td>놓아도</td></tr>
</table>

<table>
<tr><td colspan="4" align="center">與「形容詞」結合時</td></tr>
<tr><td>따뜻하다</td><td>따뜻해도*</td><td>좁다</td><td>좁아도</td></tr>
<tr><td>시다</td><td>셔도*</td><td>춥다</td><td>추워도*</td></tr>
<tr><td>아니다</td><td>아니어도</td><td>낫다</td><td>나아도*</td></tr>
<tr><td>좋다</td><td>좋아도</td><td>바쁘다</td><td>바빠도*</td></tr>
<tr><td>없다</td><td>없어도</td><td>빠르다</td><td>빨라도*</td></tr>
<tr><td>길다</td><td>길어도</td><td>그렇다</td><td>그래도*</td></tr>
</table>

與「名詞이다」結合時			
학생이다	학생이어도	학교이다	학교여도

用　法：

1. 表示即便對前文之內容給予承認、假設，後文之狀況亦不會受到影響，仍然會持續進行、存在。強調後文內容不受前文程度之影響的獨立性。

   - 복권에 당첨되어도 회사에 다닐 거예요.
     就算彩券中獎了，也會上班。

     （假設「당첨되다」（中獎）一事就算發生，「회사에 다니다」（上班）一事亦不會受到影響，仍會持續進行。）

   - 문법이 어려워도 계속 공부하겠어요.
     就算文法很難，也會持續地學習。

     （承認「문법이 어렵다」（文法很難）一事，但「계속 공부하다」（持續學習）一事仍不受影響。）

2. 「-아/어/여도」可與動詞、形容詞、名詞이다結合。其中，與名詞이다一起使用時，若名詞最後一字有收尾音作「名詞이어도」，無收尾音則作「名詞여도」。

   - 공기가 없어도 살 수 있어요?
     就算沒有空氣，也可以生存嗎？

   - 아무리 주말이어도 이는 닦아야지.
     就算是週末，牙還是要刷吧。

延伸補充：

1. 「-아/어/여도」常搭配副詞「아무리」（無論多麼）一同使用，既可提升前文內容之程度，同時亦強調了仍不受影響之後文內容。

    - 아무리 바빠도 주말에는 가족 곁에 있어야 돼요.
      即便是再怎麼忙，週末也必須要待在家人的身旁。

    - 아무리 찾아 봐도 제 안경이 안 보여요.
      不管再怎麼找，就是沒看到我的眼鏡。

2. 與名詞이다一同使用時，除了依據名詞最後一字收尾音之有無寫作「名詞이어도」或「名詞여도」外，在口語中亦可作「名詞이라도」、「名詞라도」，分別與「最後一字有收尾音之名詞」及「最後一字無收尾音之名詞」結合。

    - 누구라도 그렇게 했을 거예요.
      無論是誰，當時都會那樣做的。

    - 아무리 선생님이라도 모르는 것이 있어요.
      就算是老師，也有不知道的。

句型結合實例：

1. -(으)ㄹ 수 있다 [없다] + -아/어/여도

    - 사람은 속일 수 있어도 하늘은 속일 수 없습니다.
      即便騙得過人，仍瞞不住天。

2. -아/어/여 보다 + -아/어/여도

    - 아무리 생각해 봐도 내가 잘못한 게 없어.
      不管再怎麼想，我都沒有做錯的地方。

B4-4 -는/(으)ㄴ데²

解　　釋：表示前文內容為後文動作、狀態發生之背景、提示或補充說明。

中文翻譯：……耶……、……呢……、……那……、……╳……

結構形態：連結語尾。

結合用例：

與「動詞」結合時			
공부하다	공부하는데	돕다	돕는데
읽다	읽는데	웃다	웃는데
만들다	만드는데*	짓다	짓는데
닫다	닫는데	쓰다	쓰는데
듣다	듣는데	자르다	자르는데
입다	입는데	놓다	놓는데

與「形容詞」結合時			
따뜻하다	따뜻한데	좁다	좁은데
시다	신데	춥다	추운데*
아니다	아닌데	낫다	나은데*
좋다	좋은데	바쁘다	바쁜데
없다	없는데*	빠르다	빠른데
길다	긴데*	그렇다	그런데*

학생이다	학생인데	학교이다	학교인데

用　法：

1. 用以接續前後文。前文作為「背景説明」、「提示導入」、「附加補充」之功能，後文則藉前方之説明、引導而托出；也因此，前後文內容具高度相關性。

   - 어제 식당에 갔는데 거기 음식이 너무 맛있었어요.
     昨天去了餐廳，那裡的食物真的很好吃。
     （用「식당에 갔다」（去了餐廳）內容作為背景説明，接著敘述句中之核心部分。）

   - 배고픈데 과자 없어?
     我肚子餓了呢，你沒有餅乾嗎？
     （用「배고프다」（肚子餓）作為提示導入，緊接著切入主題。）

2. 「-는/(으)ㄴ데」與動詞結合時作「動詞語幹-는데」；與形容詞結合時作「形容詞語幹-(으)ㄴ데」；與名詞이다結合則時作「名詞인데」；同時，「있다」及「없다」須同動詞般與句型結合，分別作「있는데」、「없는데」。

   - 주말인데 집에만 있을 거예요?
     是週末呢，就只待在家嗎？

   - 이것은 신상품인데 좀 비싸요.
     這個是新產品，有點貴。

   - 우리집에 아무도 없는데 올래?
     我們家沒人，要來嗎？

3. 若作為背景、提示、補充內容之狀態、行為時間為過去，或是已完成，可在前文添加先語末語尾「-았-/-었-/-였-」，作「-았/었/였는데」。

- 어제 먹었는데 또 먹으려고?
  昨天才吃過了耶，又要吃？

- 어제 신발을 샀는데 환불하고 싶어요.
  昨天買了鞋子，想退貨。

延伸補充：

1. 若以本句型連結具因果關係之前後文，此時利用「-는/(으)ㄴ데」表達之命令句、共動句，往往含有更為「柔和、委婉」之語感，將「強制性」大幅降低。

- 늦었는데 택시를 타고 가세요.
  已經遲到了，那搭計程車去吧。

- 지금 비가 오고 있는데 좀 있다가 가요.
  現在正在下雨呢，再待一下再走吧。

句型結合實例：

1. -고 있다 + -는/(으)ㄴ데

- 학생들이 공부하고 있는데 방해하지 마세요.
  學生們正在讀書，請不要妨礙他們。

2. -아/어/여 보다 + -(으)ㄴ 적이 있다 [없다] + -는/(으)ㄴ데

- 내가 한국에 가 본 적이 없는데 한번 가 보고 싶네.
  我沒有去過韓國，想去去看呢。

描述與添加

在韓語中，對狀態之描述、意義之添加方式非常細膩，其不僅能對事物、動作更具體地加以描述，更是讓話語之呈現更為豐富的核心工具。雖身為話語的裝飾品，實具畫龍點睛之重要功能。

與描述、添加相關之句型，常直接連接於語幹之後，各種不同的描繪方式，則依照事物、動作之狀態加以選擇使用。學習者若能將本章內容融會貫通，對事物、動作之描述必定能更準確，使話語的使用更為精準。

具體化與細部化

C1-1 -는/-(으)ㄴ/-(으)ㄹ

解　　釋：對後方名詞之修飾，對該名詞之性質進行局限、限制。

中文翻譯：……的

結構形態：涉及「相對時制」概念之冠形詞形語尾。

結合用例：

與「動詞」結合時			
하다	하는；한；할	돕다	돕는；도운＊；도울＊
읽다	읽는；읽은；읽을	웃다	웃는；웃은；웃을
만들다	만드는＊；만든＊；만들＊	짓다	짓는；지은＊；지을＊
닫다	닫는；닫은；닫을	쓰다	쓰는；쓴；쓸
듣다	듣는；들은＊；들을＊	자르다	자르는；자른；자를
입다	입는；입은；입을	놓다	놓는；놓은；놓을

與「形容詞」結合時			
따뜻하다	따뜻한	좁다	좁은
시다	신	춥다	추운＊
같다	같은	낫다	나은＊
좋다	좋은	바쁘다	바쁜
없다	없는＊	빠르다	빠른
길다	긴＊	그렇다	그런＊

與「名詞이다」結合時			
학생이다	학생인	학교이다	학교인

用　法：

1. 與動詞結合時，有「-는」、「-(으)ㄴ」、「-(으)ㄹ」三種使用情形，分別對後方名詞加以修飾。使用「-는」時，表示受修飾名詞之動作正在進行，除了可描述正在進行之動作，亦可用於對一般性動作之事實陳述；使用「-(으)ㄴ」時，表示受修飾名詞之動作已完成，其完成後之狀態亦可能存續著；使用「-(으)ㄹ」時，表示受修飾名詞之動作即將發生。

- 식당에 밥을 먹는 사람이 많아요.
  正在餐廳吃飯的人很多。

  （表示人「正在進行」吃飯的動作。）

- 지금은 점심을 먹는 시간입니다.
  現在是吃中餐的時間。

  （單純敘述一「一般性之事實」。）

- 어제 산 책을 벌써 다 읽었어요?
  昨天買的書已經看完了？

  （表示人「已完成」買書的動作。）

- 방금 안경을 쓴 사람이 지나갔어요.
  剛才戴了眼鏡的人走了過去。

  （表示人「已完成」戴眼鏡之動作，同時完成之狀態正「持續」著。）

- 저녁에 먹을 고기를 사러 갈 거예요.
  要去買晚上要吃的肉。

  （表示人「即將進行」吃肉之動作。）

2. 與形容詞、名詞이다結合時，通常使用「-(으)ㄴ」對後方名詞加以修飾。與形容詞一同使用時，表示受修飾名詞之現在狀態，亦可用於對一般性狀態之事實陳述；與名詞이다一同使用時，表示受修飾名詞之性質。

- 굉장히 좋은 날씨네요.
  真的是很好的天氣呢。

  （表示天氣的「現在狀態」。）

- 아이들은 매운 음식을 못 먹어요.
  小孩們無法吃辣的食物。

  （單純敘述一「一般性之事實」。）

- 부자인 제 친구가 또 집을 샀어요.
  我的有錢人朋友又買了房子。

  （表示朋友的「性質」。）

延伸補充：

1. 「있다」及「없다」原則上必須同動詞般地與冠形詞形語尾結合，作「있는」、「없는」，且不與「-(으)ㄴ」一同使用。

- 저는 재미있는 사람을 좋아해요.
  我喜歡有趣的人。

- 사전이 없는 사람이 있어요?
  有沒字典的人嗎？

2. 由於冠形詞形語尾亦涉及「相對時制」，因此在同一句中若有多個動作，則必須考量到「描述動作」與「其他動作」之間的相對時間關係，而非僅根據「絕對時制」予以判斷。惟若句中僅有一動作，則考量「描述動作」與「說話當下」之間的相對時間關係即可。

- 어제 숙제하는 친구를 도와주었어요.

  昨天幫助了正在寫作業的朋友。

  （「숙제하다」（寫作業）對「도와주다」（幫助）一動作來說，是當時、正在進行之動作。）

- 거기에 가면 코트를 입은 남자 한 명을 볼 수 있을 거예요.

  去到那裡可以看到一位穿著大衣的男生。

  （「입다」（穿）對「보다」（看）一動作來說，是早已發生之動作。）

- 이따가 갈 곳을 정했어요.

  決定好等一下要去的地方了。

  （「가다」（去）對「정하다」（選定）一動作來說，是即將、未來會進行之動作。）

- 밥 먹은 사람?

  （有）誰吃了飯嗎？

  （句中僅有「먹다」（吃）一動作，對「說話當時」的時間來說，是早已發生之動作。）

C1-2 -는 것

解　　釋：將動作轉變成名詞，同時將動作具體化、細部化。

中文翻譯：……這件事、……✕

結構形態：由冠形詞形語尾「-는」，與具「代指事物、現象」功能之依存
名詞「것」結合而成。

結合用例：

與「動詞」結合時			
공부하다	공부하는 것	돕다	돕는 것
읽다	읽는 것	웃다	웃는 것
만들다	만드는 것*	짓다	짓는 것
닫다	닫는 것	쓰다	쓰는 것
듣다	듣는 것	자르다	자르는 것
입다	입는 것	놓다	놓는 것

用　　法：

1. 將動作名詞化，類似於英語中「動名詞（V-ing）」之用法，因此「-는」前
   方僅與動詞結合，而口語中常將「것」作「거」。

   - 주말에 친구랑 영화를 보는 것을 좋아해요.
     喜歡在週末和朋友一起看電影。

     （將「주말에 친구랑 영화를 보다」（在週末和朋友一起看電影）一動作
     名詞化。）

- 경기에서는 끝까지 최선을 다하는 것이 중요합니다.

  在比賽中盡全力到最後是很重要的。

  （將「경기에서는 끝까지 최선을 다하다」（在比賽中盡全力到最後）一動作名詞化。）

2. 「-는 것」亦可使動作具體化、細部化，同時賦予位於動詞前面之名詞更豐富之使用、表達方式。

- 축구를 하는 것을 좋아해요.

  喜歡踢足球這件事。

  （喜歡足球可以是喜歡「看足球」、「踢足球」、「買足球」等事實，此處將動作具體、細部化。）

- 한국어를 듣는 것이 어려워요.

  聽韓語這件事很難。

  （覺得韓語難可以是「聽力很難」、「口說很難」、「閱讀很難」等情況，此處賦予「韓語」更豐富之使用方式。）

延伸補充：

1. 根據後文內容之詞性，決定緊接於「-는 것」之後的助詞。在一般且無需特別強調之狀況時，若後文接續形容詞，則添加主格助詞「이」於「-는 것」後方作「-는 것이」，又可縮寫作「-는 게」；若後文接續動詞，則常添加受格助詞「을」於「-는 것」後方作「-는 것을」，又可縮寫作「-는 걸」。

- 채소를 많이 먹는 것이 건강에 좋아요.

  多吃蔬菜這件事對健康很好。

  （對於「건강에 좋다」（有益健康）一情況來說，「채소를 많이 먹는 것」（多吃蔬菜）為主語，在其後添加主格助詞「이」。）

- 우표를 모으는 것을 좋아해요.

  喜歡收集郵票。

  （對於「좋아하다」（喜歡）一動作來說，「우표를 모으는 것」（收集郵票）為受語，在其後添加受格助詞「을」。）

句型結合實例：

1. -는 것 + 에 대해서

- 축구를 하기 전에 부상 방지를 위해 스트레칭하는 것에 대해서 알아야 합니다.

  在踢足球之前為了防止受傷，必須要了解如何做伸展運動。

2. -아/어/여 보다 + -는 것

- 이 핑크색 티셔츠는 처음 도전해 보는 거예요.

  第一次挑戰（穿）這件粉紅色 T 恤。

C1-3 -게

解　　釋：將形容詞轉變為副詞，同時對動作在意思上進行限制、侷限。

中文翻譯：……地、……點

結構形態：連結語尾。

結合用例：

<table>
<tr><th colspan="4">與「形容詞」結合時</th></tr>
<tr><td>따뜻하다</td><td>따뜻하게</td><td>좁다</td><td>좁게</td></tr>
<tr><td>시다</td><td>시게</td><td>춥다</td><td>춥게</td></tr>
<tr><td>같다</td><td>같게</td><td>낫다</td><td>낫게</td></tr>
<tr><td>좋다</td><td>좋게</td><td>바쁘다</td><td>바쁘게</td></tr>
<tr><td>없다</td><td>없게</td><td>빠르다</td><td>빠르게</td></tr>
<tr><td>길다</td><td>길게</td><td>그렇다</td><td>그렇게</td></tr>
</table>

用　　法：

1. 將形容詞副詞化，並利用其修飾位於後方之動詞，對動作在意思上加以限縮、侷限，表示該動作之程度、方式。前方僅與形容詞作結合。

   - 문제를 처리할 때는 깔끔하게 해야 돼요.
     處理問題的時候必須乾淨俐落點。

   - 내일은 멋있게 입고 와. 알았지?
     明天穿帥點來，知道了嗎？

延伸補充：

1. 「-게」可與大部分形容詞結合，惟部分已登錄於字典上之副詞，與形容詞經副詞化後之形態在語意有些許的不同，且已登錄於字典上之副詞通常較常被應用於一般情形中。

   - 도대체 무슨 일인지 빨리 말해 봐.

     到底什麼事情，趕快說。

     （「빨리」（快）為「登錄於字典之副詞」，此句強調「馬上、立即說」，判斷基準為「時間」。）

   - 빠르게 걷는 것이 살 빼기에 도움이 돼요.

     快走對減重有幫助。

     （「빠르게」（快）為「經副詞化之形容詞」，此句強調「走路速度之快」，判斷基準為「速度」。）

C1-4 에 대해서

解　　釋：表達針對特定人、事、物加以探討、思考、深究。

中文翻譯：針對……、關於……

結構形態：由具「指定並說明」意義之助詞「에」、具「當做對象」之意
　　　　　的「대하다」，與表示先後順序之「-아/어/여서」結合而成。

結合用例：

與「名詞」結合時			
학생	학생에 대해서	학교	학교에 대해서

用　　法：

1. 表示以某一名詞為對象，並加以思考、探討、深究。後方通常接上與「認
   知、傳達」相關之詞彙。

- 오늘은 한국 문화에 대해서 발표하겠습니다.
  今天將針對韓國文化進行報告。

- 이 부분에 대해서는 잘 모르겠습니다.
  不太清楚有關這個部分。

> 🔍 常與此句型一同使用之詞彙有：「알다」（知道）、「모르다」
> （不知道）、「밝히다」（查明）、「생각하다」（思考）、
> 「질문하다」（詢問）、「궁금하다」（想知道的）。

2. 「에 대해서」與名詞一同使用。後文在探討、思考、深究時所觸及之範圍，往往不僅為該名詞本身，更包含與其相關之一切內容。

- 비행기에 대해서 많이 아시네요.
  有關於飛機之事，您知道很多呢。

- 대만 정치에 대해서 설명해 줄 수 있어요?
  可以跟我說明關於臺灣政治的事情嗎？

3. 「대해서」由「대하다」與「-아/어/여서」結合而成，而「-아/어/여서」中之「서」本身可被省略，故「대해서」亦可作「대해」。同時，亦可將簡化而成之「대해」還原作「대하여」。

- 환경 보호에 대해 어떻게 생각해요?
  關於環境保護，你怎麼看呢？

- 이 사건에 대하여 조사하고 있습니다.
  關於這個事件，正在調查當中。

延伸補充：

1. 「대하다」除了與「-아/어/여서」結合，亦常與「-(으)ㄴ」結合作「대한」，所衍伸之句型樣貌為「名詞에 대한」，句型後方接上名詞，帶有「與……相關的……」、「有關……的……」之含意。

- 한국 여행에 대한 정보를 제공합니다.
  提供與韓國旅行相關的資訊。

- 어제 미래에 대한 꿈을 꿨어요.
  昨天做了有關未來的夢。

　｜　**變化、狀態**

C2-1 -아/어/여지다

解　　釋：表達狀態之變化過程，同時將形容詞轉變成動詞。

中文翻譯：變……、變得……

結構形態：由連結語尾「–아/어/여」，與具備「達成某狀態」意義之動詞「지다」結合而成。

結合用例：

C
描述與添加

與「形容詞」結合時			
따뜻하다	따뜻해지다*	좁다	좁아지다
시다	셔지다*	춥다	추워지다*
좋다	좋아지다	낫다	나아지다*
넓다	넓어지다	바쁘다	바빠지다*
없다	없어지다	빠르다	빨라지다*
길다	길어지다	빨갛다	빨개지다*

用　　法：

1. 表示隨著時間的推移，狀態自然地、一點一點地改變。此句型著重在變化之過程，同時將形容詞動詞化。

   - 꾸준히 운동하면 날씬해질 거예요.
     堅持不懈地運動的話會變苗條。

- 비가 와서 공기가 맑아졌어요.
  因為下雨所以空氣變乾淨了。

2. 由於「-아/어/여지다」牽涉到狀態之改變，因此前方僅能與形容詞搭配使用，時制則需要依照當下之情況予以選擇。

- 단 것을 먹으면 기분이 좋아집니다.
  吃甜的東西的話心情會變好。

  （此時為對「一般性事實」進行描述，使用現在時制即可。）

- 요즘 날씨가 점점 더워지고 있어요.
  最近天氣正在逐漸地變熱。

  （此時為對「當下正在進行之狀態改變」進行描述，使用現在時制，並搭配進行相「-고 있다」即可。）

句型結合實例：

1. -아/어/여지다 + -(으)ㄹ 수 있다 [없다] + -는/-(으)ㄴ/-(으)ㄹ

- 다음은 건강해질 수 있는 10가지 방법이에요.
  以下是可以變健康的 10 種方法。

2. -아/어/여지다 + -고 있다

- 기상이변으로 인해 여름은 점점 더워지고 있습니다.
  因為氣候異常的緣故，夏天正變得越來越熱。

C2-2 -게 되다

解　　釋：表達該動作之發生並非依據主語之意志，而是由於外在因素、
　　　　　條件所導致，或自然而然地發生、產生轉變。

中文翻譯：就……、╳……、……變……

結構形態：由副詞形語尾「-게」，與具「成為」含意之動詞「되다」結合
　　　　　而成。

結合用例：

與「動詞」結合時			
공부하다	공부하게 되다	돕다	돕게 되다
읽다	읽게 되다	웃다	웃게 되다
만들다	만들게 되다	짓다	짓게 되다
닫다	닫게 되다	쓰다	쓰게 되다
듣다	듣게 되다	자르다	자르게 되다
입다	입게 되다	낳다	낳게 되다

用　　法：

1. 表達動作之轉變，其轉變並非依據主語之意志、希望，而是受到他人的行
為、外在的狀況影響所導致，或是自然而然地發生。

- 저절로 그 사람과 사랑에 빠지게 됐어요.
  自然而然地就和那個人墜入愛河了。

  （表示「사랑에 빠지다」（墜入愛河）一動作是自然而然地發生。）

- 어제 급한 일이 생겨서 못 가게 됐어요.

  昨天有急事，所以就沒有辦法去。

  （表示「못 가다」（無法去）一動作並非依據主語之意志，而是受其他外在狀況影響導致。）

2. 「-게 되다」與過去形先語末語尾「-았-/-었-/-였-」結合作「-게 됐다」，並非僅使用於已發生之動作，亦可使用於尚未發生但已預定、計畫好之動作，這可從「되다」本身具備之「成、成為」的意義得知。

  - 다음달에 해외 출장을 가게 됐어요.

    下個月要去國外出差。

    （句中可能隱含「不是我願意，而是公司派我去」之意，表示並非依據話者自己的意志發生。且雖然尚未發生但「決定已成」，因此搭配過去形先語末語尾使用。）

3. 此句型前方與動詞結合，強調該動詞轉變之結果。同時，若是對於「一般性事實」、「非預定、計劃好之動作」的描述，則需要視當時狀況選擇適當之時制。

  - 저녁을 조금만 먹으면 이따 야식을 먹게 될 거예요.

    如果晚餐只吃一點的話，等一下就會吃宵夜。

  - 연습을 많이 하면 잘하게 돼요.

    多練習的話就會變得很擅長。

延伸補充：

1. 「-게 되다」使用於並非依據主語之意志、希望之動作、行為，與韓語中「被動」之概念相同。

  - 이렇게 상을 받게 돼서 정말 영광스럽습니다.

    就這樣獲得了獎，十分地光榮。

    （並非依據主語的意志、希望而做出該行為，用以表達獲獎之意外性、謙虛。）

- 처음에는 잘 못 먹었는데 이제는 매운 음식을 잘 먹게 됐어요.
  剛開始不太會吃，但是現在變得很能吃辣的食物。

  （與韓語中「主體依據其他力量而動作」之被動概念相同，皆並非依據
  主語的意志、希望而做出該行為。）

句型結合實例：

1. -아/어/여지다 + -게 되다

   - 튀긴 음식을 안 먹으면 피부 컨디션이 좋아지게 돼요.
     如果不吃炸物的話，皮膚狀況就會變好。

2. -게 되다 + -는/-(으)ㄴ/-(으)ㄹ

   - 저는 오늘부터 이 업무를 맡게 된 사원입니다.
     我是從今天開始負責這個業務的職員。

C2-3 -아/어/여 버리다

解　　釋：表達動作之完全結束，同時對已結束之事表達內心之舒坦或惋惜。

中文翻譯：⋯⋯光、⋯⋯掉

結構形態：由連結語尾「−아/어/여」，與原本具備「丟掉」之意，另表示「動作結束」之補助動詞「버리다」結合而成。

結合用例：

與「動詞」結合時			
하다	해 버리다*	지우다	지워 버리다*
읽다	읽어 버리다	벗다	벗어 버리다
만들다	만들어 버리다	끄다	꺼 버리다*
닫다	닫아 버리다	쓰다	써 버리다*
사다	사 버리다*	자르다	잘라 버리다*
입다	입어 버리다	넣다	넣어 버리다

用　　法：

1. 表示前方動作之完全結束，同時依據當下之狀況，話者可能因為該事件之完成、結束而產生「負擔減輕」、「惋惜、遺憾」等心境，或表示對該動作之程度表示強調，且該動作必須以「確實」、「完全」、「果斷」之方式進行。

   - 드디어 숙제를 다 끝내 버렸어요.
     終於把作業全部都完成了。
     （因為「숙제를 하다」（做作業）動作之完全結束，內心產生「負擔減輕」之感。）

- 기차가 벌써 가 버렸어요?

  火車早已經走掉了嗎？

  （因為「기차가 갔다」（火車駛離）動作之完全結束，內心產生「惋惜、遺憾」之感。）

- 하나도 남기지 않고 다 먹어 버렸어요.

  一個都沒剩下，全部吃光了。

  （強調「먹다」（吃）一動作之進行，達到「確實、完全」之程度。）

2. 由於「-아/어/여 버리다」牽涉到動作之進行，因此前方僅與動詞搭配使用，時制則需要依照當下之情況予以選擇。

- 날씨도 더운데 머리를 아예 잘라 버릴까?

  天氣也很熱，要不要乾脆把頭髮剪掉？

  （此時為對「尚未發生之事」進行描述，不需使用過去時制。）

- 그는 저를 기다리지 않고 그냥 가 버렸어요.

  他沒有等我，而是就這樣走掉了。

  （此時為對「過去發生之事」進行描述，需要使用過去時制。）

延伸補充：

1. 部分已登錄於字典上的表現，是為一獨立意義之單詞，雖仍保有「-아/어/여 버리다」之含意，但在書寫方式上有所不同，「-아/어/여」與「버리다」之間不需空格。

- 나를 벌써 잊어버렸어? 말도 안 돼.

  已經把我給忘掉了？真不敢相信。

- 자꾸 지갑을 잃어버리면 어떡해요?

  總是弄丟錢包，該怎麼辦啊？

句型結合實例：

1. -아/어/여 버리다 + -아/어/여서

   - 커피를 빨리 마셔 버려서 한 잔 더 시켰어요.
     因為咖啡太快就喝光，所以又點了一杯。

2. -아/어/여 버리다 + -(으)면 안 되다

   - 네가 혼자 다 먹어 버리면 안 되지.
     你不能自己一個人把全部都吃光吧。

C2-4 -고 있다

解　　釋：表示動作、行為之進行或持續。

中文翻譯：正在……、在……、……著

結構形態：由連結語尾「-고」，與原本具備「停留」之意，另表示「行動進行」之補助動詞「있다」結合而成。

結合用例：

與「動詞」結合時			
공부하다	공부하고 있다	돕다	돕고 있다
읽다	읽고 있다	웃다	웃고 있다
만들다	만들고 있다	짓다	짓고 있다
닫다	닫고 있다	쓰다	쓰고 있다
듣다	듣고 있다	자르다	자르고 있다
입다	입고 있다	낳다	낳고 있다

用　　法：

1. 表達動作在當下正處於進行中之狀態，即對動作進行描述的同時，動作亦正在進行。

   - 식당에서 순댓국밥을 먹고 있어요.
     正在餐廳吃豬血腸湯飯。

   - 어머니는 빨래를 하고 있어요.
     媽媽正在洗衣服。

2. 除當下之動作外，「-고 있다」亦可表示某段期間內正在持續進行之動作。此時在說話當下，亦有並非正在進行中之可能性，必須依前後文、當下狀況予以判斷。

- 요즘 중국어를 배우고 있어요.
  最近正在學中文。

- 요즈음 논문을 쓰고 있어요.
  最近正在寫論文。

3. 「-고 있다」並非表達「時制」之方式，是表達該動作之狀態。韓語中表達「動作進行」之狀態被稱為「進行相」，而「進行相」在時間上可為現在、過去、未來。另外，由於韓語的現在時制中已涵蓋了進行之狀態，所以若並非十分地強調動作之「進行當中」，則可不需使用本句型。

- 그 당시에 아이들이 학교에 가고 있었어요.
  在那當時，小孩們正在去學校的路上。

  （在時間上為「過去」，動作狀態上為「進行相」。）

- 내년 이맘때쯤 되면 너도 시험 준비를 하고 있겠어.
  明年大約到這個時候，你肯定也正在準備考試了。

  （在時間上為「未來」，動作狀態上為「進行相」。）

延伸補充：

1. 若想表達對句子中主語之尊敬時，將「-고 있다」中之「있다」替換成「계시다」作「-고 계시다」即可。

- 잘 지내고 계세요?
  過得好嗎？

- 교수님께서 강의하고 계세요.
  教授正在講課。

2. 此句型亦可表達「動作結果狀態之持續」。

- 지하철을 타고 있어요.
  正在搭地鐵。

  （「타다」（搭上）一動作並非不斷地進行，而是進行完之狀態持續
  著。）

- 멋진 정장을 입고 있는 사람이 제 친한 친구예요.
  穿著帥氣正裝的人是我很要好的朋友。

  （「입다」（穿上）一動作並非不斷地進行，而是進行完之狀態持續
  著。「穿戴動詞」通常會以如此之方式呈現，常見的穿戴動詞有：「입
  다」（穿（服裝））、「신다」（穿（鞋襪））、「쓰다」（戴（帽
  子、眼鏡））、「들다」（提（包包））。）

3. 「-고 있다」中之「있다」在文法上屬「補助動詞」，若後方需要與其他句
   型、文法結合時，則必須將其如同動詞般地活用。

- 저는 여기서 기다리고 있을게요.
  我會在這裡等著的。

- 지금 매고 있는 넥타이는 어제 산 거예요.
  現在繫著的領帶是昨天買的。

句型結合實例：

1. -고 있다 + -는/-(으)ㄴ/-(으)ㄹ

- 밖에서 기다리고 있는 사람이 누구지요?
  正在外面等的人是誰呢？

2. -아/어/여 보다 + -고 있다

- 살을 빼고 싶어서 운동을 열심히 해 보고 있어요.
  因為想減肥，所以正嘗試努力運動。

C2-5 -아/어/여 있다

解　　釋：表達動作完成後狀態之持續。

中文翻譯：……著、……了、……✕

結構形態：由連結語尾「-아/어/여」，與原本具備「停留」之意，另表示
　　　　　「行動結束後的狀態持續」之補助動詞「있다」結合而成。

結合用例：

與「動詞」結合時			
입원하다	입원해 있다*	눕다	누워 있다*
가다	가 있다*	붙다	붙어 있다
오다	와 있다*	살다	살아 있다
서다	서 있다*	걸리다	걸려 있다*
앉다	앉아 있다	쓰이다	쓰여 있다*
남다	남아 있다	열리다	열려 있다*

用　　法：

1. 表達動作在結束、完成後，其狀態依舊持續。由於並非所有情形皆具強調
「結束後狀態持續」之必要性，因此考量到意義上的局限性，能夠與此句型
搭配的動詞並無太多。

   • 꽃이 아름답게 피어 있어요.
   花朵很美麗地開著。

   (「꽃이 피다」（花開）一動作結束後，「피어 있다」（綻放著）一狀
   態仍持續著。)

- 그 사람이 아직도 살아 있어요?

  那個人還活著喔？

  （在「살다」（活命）動作後，「살아 있다」（生存著）一狀態仍持續著。）

2. 由於牽涉到動作之結束，因此「-아/어/여 있다」前方僅能搭配動詞。此用法並非表達「時制」，是表達該動作之狀態，在韓語中將「動作完全結束」之狀態被稱為「完了相」。而「完了相」在時間上可為現在、過去、未來。

- 네가 나보다 먼저 와 있었구나.

  原來你比我早來待著呢。

  （在時間上為「過去」，動作狀態上為「完了相」。）

- 내일 아침이면 간판이 벽에 걸려 있겠네요.

  到了明天早上，招牌應該已經掛在牆上了呢。

  （在時間上為「未來」，動作狀態上為「完了相」。）

延伸補充：

1. 能夠與此句型結合之動詞，常是不需受語的「自動詞」，即該動作之發生並無其他對象、事物受到影響，或常與動詞之「被動形態」一同使用。

- 지갑 안에 신용카드와 돈이 들어 있어요.

  皮夾裡裝著信用卡和錢。

  （「들다」（入）在此作為自動詞使用，句子中並無受動作影響之其他對象、事物。）

- 식당에 갔는데 문이 닫혀 있었어요.

  去了餐廳但門是關著的。

  （「닫히다」（被關）為動詞「닫다」（關）之被動形態，句子後文中之主語為「문」（門），敘述「문이 닫혀 있다」（門關著）的狀態，而非一動作之進行。）

2. 「-아/어/여 있다」中之「있다」在文法上屬「補助動詞」，若後方需要與其他句型、文法結合時，則必須將其如同動詞般地活用。

- 하루 종일 침대에만 누워 있지 마세요.
  請不要一整天只躺在床上。

- 저기 걸려 있는 셔츠를 좀 보여 주시면 안 돼요?
  可以給我看一下掛在那裡的襯衫嗎？

句型結合實例：

1. -아/어/여 있다 + -네(요)

- 이제 우리의 목숨은 너에게 달려 있네.
  現在我們的性命取決於你呢。

2. -아/어/여 있다 + -는 동안에

- 제가 군대에 가 있는 동안에 강아지를 좀 돌봐 주세요.
  在我當兵的期間，請替我照顧小狗。

C2-6 -아/어/여 놓다

解　　釋：表示動詞完成後狀態之維持、保存。

中文翻譯：……好放著、……好、……╳

結構形態：由連結語尾「–아/어/여」，與原本具備「放」之意，另表示「動作結束後的結果持續」之補助動詞「놓다」結合而成。

結合用例：

與「動詞」結合時			
하다	해 놓다*	얹다	얹어 놓다
삶다	삶아 놓다	벗다	벗어 놓다
만들다	만들어 놓다	짓다	지어 놓다*
닫다	닫아 놓다	쓰다	써 놓다*
적다	적어 놓다	자르다	잘라 놓다*
끄다	꺼 놓다*	넣다	넣어 놓다

用　　法：

1. 表達動作在結束後，其完成狀態之保存、維持。

- 책을 펴 놓으세요.
   請翻開書放著。

   （完成「책을 펴다」（翻書）一動作後，維持書「펴져 있다」（打開著）之狀態。）

- 밖이 시끄러우니까 창문을 열어 놓지 마세요.

  因為外面很吵，請不要開著窗戶。

  （完成「창문을 열다」（開窗）一動作後，維持窗戶「열려 있다」（敞開著）之狀態。）

2. 由於牽涉到動作之結束，因此「-아/어/여 놓다」前方僅能搭配動詞。此用法非表達「時制」，而是表達該動作之狀態，在韓語中將「動作完全結束」之狀態被稱為「完了相」。而「完了相」在時間上可為現在、過去、未來。

  - 휴가 때 사람이 많을 것 같아서 내일 표를 예매해 놓을게요.

    因為休假的時候人好像會很多，所以我明天會先買好票的。

    （在時間上為「未來」，動作狀態上為「完了相」。）

  - 넌 숙제를 다 해 놓았어?

    你作業全都先做完了嗎？

    （在時間上為「過去」，動作狀態上為「完了相」。）

3. 「-아/어/여 놓다」在與非格式體終結語尾「-아/어/여요」結合時，作「-아/어/여 놓아요」，口語中通常將「놓아」發音作「놔」。

延伸補充：

1. 此句型可與絕大多數動詞結合，而這些動詞通常具備較明顯之「動作性」，且往往是需要受語的「他動詞」，即該動作之發生同時有其他對象、事物受到影響。此外，本句型不與並非依據主語意志或希望所進行之動作，或具「被動意義」之動詞結合。

  - 에어컨을 틀어 놓았으니까 빨리 오세요.

    我已經開好冷氣了，快點來。

    （「틀다」（打開）在此作為他動詞使用，句子中之「에어컨」（冷氣）為受到動作影響的事物。）

- 과자를 많이 사 놓았어요.

  買好了很多餅乾放著。

  （「사다」（買）在此作為他動詞使用，同時為依據主語意志做出之動作。）

2. 若動作在結束後，其狀態保存、維持之時間更長，則可使用「-아/어/여 두다」，「-아/어/여 두다」更具有「長時間保存」、「預先、事先」之含意。

- 말하기 기말 시험을 잘 보려면 연습을 많이 해 두세요.

  想要考好口說期末測驗的話，請先充分地練習好。

- 만일을 대비해 비상 약을 항상 준비해 두고 있어요.

  為了防範萬一，總是把緊急備用藥準備好。

句型結合實例：

1. -아/어/여 놓다 + -고

- 할 일은 다 해 놓고 자라.

  把要做的事情先做好再睡吧。

2. -아/어/여 놓다 + -(으)ㄹ게(요)

- 오랜만에 만나니까 술상을 차려 놓을게요.

  好久沒見了，我會準備好一桌酒菜的。

C2-7 -는 중이다

解　　釋： 表達動作正在進行當中。

中文翻譯： 正在……

結構形態： 由現在形冠形詞形語尾「-는」、具「做某動作的期間」之意的
依存名詞「중」，與具「是」含意的「이다」結合而成。

結合用例：

與「動詞」結合時			
공부하다	공부하는 중이다	돕다	돕는 중이다
읽다	읽는 중이다	웃다	웃는 중이다
만들다	만드는 중이다*	짓다	짓는 중이다
닫다	닫는 중이다	쓰다	쓰는 중이다
듣다	듣는 중이다	자르다	자르는 중이다
입다	입는 중이다	넣다	넣는 중이다

用　　法：

1. 表達前文所述動作正在進行中。若所敘述之進行動作已為過去，可在「-는
   중이다」後方添加先語末語尾「-았-/-었-/-였-」，作「-는 중이었다」，用
   以表示該動作於過去的當時正在進行中。

   - 리포트를 작성하는 중입니다.
     正在撰寫報告。

   - 친구가 찾아왔을 때 저는 아버지하고 이야기를 하는 중이었
     어요.
     朋友來找我的時候，當時我正在和父親聊天。

2. 由於「-는 중이다」是描述動作進行之表現，因此前方僅能與動詞搭配使用，且該動詞通常具備較強之動作性、連續性。此外，該動作必須具備行為者，因此自然現象、不需靠行為者即發生之現象等，則不與「-는 중이다」一起使用。

- 지금 회의하는 중이니까 좀 이따가 전화하세요.

  現在因為正在開會的緣故，請等一下再打電話。

  （「회의하다」（開會）具動作性與連續性，且該動作之主語為「行為者」，在句中被省略。）

- 요즘 한국어를 배우는 중이야.

  最近正在學韓語。

  （「배우다」（學習）具動作性與連續性，且該動作之主語亦為「行為者」，在句中被省略。）

延伸補充：

1. 「-는 중이다」前方僅能放置動詞，但若將冠形詞形語尾「-는」除去，亦可與名詞單獨結合作「名詞 중이다」，表示該名詞所代表之動作正在進行當中。

- 갈까 말까 생각 중이에요.

  到底要去還是不要去，正在思考中。

- 수업 중이니까 조용히 하세요

  因為正在上課，請保持安靜。

  > 🔍 置於前方之名詞有一定之侷限性，通常具有「動作感」或「連續感」，而這些名詞常為「漢字語」，如：「토론」（討論）、「설명」（說明）、「외출」（外出）、「수리」（修理）、「업무」（業務）。

2. 若欲表達在一動作進行之途中，同時另有其他動作發生，則可將「-는 중이다」、「名詞 중이다」中之「이다」替換成表示時間之助詞「에」，作「-는 중에」、「名詞 중에」，此時前後文主語可不一致。

- 로드하는 중에 오류가 발생했습니다.
  在（檔案）載入途中發生了錯誤。

- 식사 중에 물을 마시면 소화에 방해가 됩니다.
  用餐途中喝水的話會妨礙消化。

C3 ｜ 幫助、嘗試與經驗

C3-1 -아/어/여 주다

解　　釋：表達主語為了他人而從事某行為。

中文翻譯：幫……、替……、✕……

結構形態：由連結語尾「–아/어/여」，與原本具備「給」之意，另表示
「為了他人從事某行動」之補助動詞「주다」結合而成。

結合用例：

與「動詞」結合時			
청소하다	청소해 주다*	빌리다	빌려 주다*
읽다	읽어 주다	웃다	웃어 주다
만들다	만들어 주다	짓다	지어 주다*
닫다	닫아 주다	쓰다	써 주다*
듣다	들어 주다*	자르다	잘라 주다*
업다	업어 주다	넣다	넣어 주다

用　　法：

1. 表達主語是「為了自己以外的人或物」而從事某行為，即獲益者並非自己，
而是聽者或其他人或物。由於具較為抽象之含意，所以使用時必須考慮該行
動是「為誰而做」。

- 사진을 좀 찍어 주면 안 돼?

  可以幫忙我照相嗎？

  （主語為「受拜託之人」，獲益者為「話者」。）

- 그 상자가 그렇게 무거우면 내가 같이 들어 줄까?

  那個箱子如果那麼重的話，要我一起幫忙搬嗎？

  （後文之主語為「自己」，獲益者為「聽者」。）

2. 本句型可與絕大多數動詞結合，在同時使用多個句型時，「-아/어/여 주다」會優先與動詞語幹結合作「動詞語幹-아/어/여 주다」，接著再將其結果與其他句型結合，即視「動詞語幹-아/어/여 주다」為該動詞之延伸。

- 알았어. 해 주면 되잖아?

  我知道了啦，幫你不就好了？

  （首先將「-아/어/여 주다」與「하다」結合作「해 주다」，再將其帶入句型「-(으)면 되다」。）

- 네가 좀 도와줬으면 좋겠어.

  真希望你可以幫我。

  （先將「-아/어/여 주다」與「돕다」結合作「도와주다」，再將其帶入句型「-았/었/였으면 좋겠다」。其中由於「도와주다」為登錄於字典上之一單詞，因此中間不需空格。）

延伸補充：

1. 由於「**주다**」涉及主體、客體尊待，因此若在僅有話者（自己）、聽者（對方）兩人需要考量的情況下，且以年齡、社會地位作為判斷之標準時，若欲對聽者表達尊敬，當獲益者為「話者」時使用「**-아/어/여 주시다**」；當獲益者為「聽者」時則使用「**-아/어/여 드리다**」。

   - A: 도와드릴까요?
       要協助您嗎？
     B: 네, 좀 도와주세요.
       好的，請幫忙我一下。

     （此時雙方皆對對方表達尊敬。）

2. 在使用時，常見「**사(아) 주다**」與「**사(아)다(가) 주다**」混淆之情形。前者為「**사다**」與句型「**-아/어/여 주다**」結合所成，為「買給、請客」之意；後者為「**사다**」與句型「**-아/어/여다(가)**」、動詞「**주다**」結合而成，則為「買後將其交給……」之意。

   - 합격했으니까 밥을 사 주세요.
     因為你合格了，請我吃飯吧。

   - 집에 오는 길에 감기약을 좀 사다 주세요.
     在回家的路上，請幫忙買藥後拿給我。

C3-2 -아/어/여 보다

解　　釋：表達試圖進行某動作。

中文翻譯：……看、……過

結構形態：由連結語尾「–아/어/여」，與原本具備「看」之意，另表示「試圖」之補助動詞「보다」結合而成。

結合用例：

與「動詞」結合時			
공부하다	공부해 보다*	먹다	먹어 보다
읽다	읽어 보다	웃다	웃어 보다
만들다	만들어 보다	짓다	지어 보다*
닫다	닫아 보다	쓰다	써 보다*
듣다	들어 보다*	자르다	잘라 보다*
입다	입어 보다	넣다	넣어 보다

用　　法：

1. 表達試圖、嘗試做某動作，且該動作常是出於主語之自身意志而做。依據文意、當下狀況之不同，會有兩種不同含意之解讀。使用於命令句、共動句、現在時制、意志等相關用法時，通常為「試圖、嘗試」之意；使用於過去時制時，則通常為「經歷、經驗」之意。

   * 맛있으니까 한번 먹어 보세요.
     很好吃，吃吃看吧。

     （表示「試圖、嘗試」進行「먹다」（吃）之動作。）

- 부대찌개를 먹어 봤어요.

  吃過部隊鍋。

  （表示曾經有過「부대찌개를 먹다」（吃部隊鍋）之「經驗、經歷」。）

2. 本句型可與絕大多數動詞結合，在同時使用多個句型時，「-아/어/여 보다」會優先與動詞語幹結合作「動詞語幹-아/어/여 보다」，接著再將其結果與其他句型結合，即視「動詞語幹-아/어/여 보다」為該動詞之延伸。

- 지난번에 먹어 본 것 같아요.

  上次好像吃過了。

  （先將「-아/어/여 보다」與「먹다」（吃）結合作「먹어 보다」（吃過），再將其帶入句型「-(으)ㄴ 것 같다」（好像……）。）

- 한번 해 보는 게 어때요?

  要不要試著做做看呢？

  （先將「-아/어/여 보다」與「하다」（做）結合作「해 보다」（做做看），再將其帶入句型「-는 게 어떻다」（……怎麼樣）。）

延伸補充：

1. 由於「-아/어/여 보다」常表達出於主語自身意志的動作，因此與其結合之動詞通常必須有行為者，且較不常與本身具「負面性、意外性」含意之動詞一同使用。惟單純之「否定」則不在此限。

- 한국 친구를 사귀어 보고 싶어요.

  我想結交韓國朋友看看。

- 스키를 아직 못 타 봤어요.

  還沒有滑過雪。

2. 此句型除了具備「試圖」之含意外，亦常使用於需要「緩和語氣」、「表示委婉」、「降低強制感」之情況。

- 실례지만 여쭤 볼 게 있는데요.
  不好意思，我有事情想要請教。

  （用於「麻煩、拜託他人」之時，因會造成對方麻煩，所以以較客氣、委婉之方式，來表達自己的不好意思。）

- 잠깐만 기다려 봐.
  等一下喔。

  （用於「命令句」中，使命令的語氣降低。）

C3-3 -(으)ㄴ 적이 있다 [없다]

解　　釋：表達在過去時間內經驗之有無。

中文翻譯：有 [沒有]……過、有 [沒有]……的經驗

結構形態：由表「完成、結束」含意之冠形詞形語尾「-(으)ㄴ」、具「過去某時候」之意的依存名詞「적」、主格助詞「이」，與表示「有」、「無」意義之「있다」、「없다」結合而成。

結合用例：

與「動詞」結合時			
하다	한 적이 있다 [없다]	돕다	도운 적이 있다 [없다]*
읽다	읽은 적이 있다 [없다]	씻다	씻은 적이 있다 [없다]
만들다	만든 적이 있다 [없다]*	짓다	지은 적이 있다 [없다]*
닫다	닫은 적이 있다 [없다]	쓰다	쓴 적이 있다 [없다]
듣다	들은 적이 있다 [없다]*	자르다	자른 적이 있다 [없다]
입다	입은 적이 있다 [없다]	낳다	낳은 적이 있다 [없다]

用　　法：

1. 表達到目前為止是否有從事過該動作、行為之經驗，但並未包含主語之自身意志，僅較客觀地單純敘述過去經驗之有無。

   - 저는 불고기를 만든 적이 있어요.
     我有做過韓國炒肉。

   - 어렸을 때 왕따를 당한 적이 있어요.
     在小的時候，有被排擠過的經驗。

2. 由於「-(으)ㄴ 적이 있다 [없다]」涉及行為經驗之有無，因此通常僅與動詞結合。由於單純表示過去經驗之有無，所以僅使用於陳述句、疑問句，不與命令句、共動句一同使用。

- 해운대에 간 적이 있어요?
  曾經去過海雲台嗎？

- 저는 태국어를 배운 적이 있어요.
  我曾經學過泰語。

3. 句型中之「-(으)ㄴ」本身具「結束、完成」含意，且「있다」、「없다」亦僅為表達該經驗之有無，因此敘述過去之經驗時，句尾一般不需與過去時制作結合。若與先語末語尾「-았-/-었-/-였-」結合，分別作「-(으)ㄴ 적 있었다」、「-(으)ㄴ 적 없었다」時，是對該經驗之過去、結束予以強調；另一方面，若欲表達該經驗之多次經歷，則可與「많다」結合作「-(으)ㄴ 적이 많다」。

- 한국어가 서툴러서 실수한 적이 많아요.
  因為韓語不熟練而犯過很多失誤。

  （表示犯錯經驗之多，將「있다」（有）替換為「많다」（多）。）

- 한때 후회한 적도 있었어요.
  也曾經一度後悔過。

  （添加先語末語尾「-았-/-었-/-였-」以強調該經驗之過去，與現在之隔絕、無關。）

4. 在實際使用時，常會將「이」予以省略，僅保留「-(으)ㄴ 적 있다」、「-(으)ㄴ 적 없다」。

- 제가 언제 그런 말을 한 적 있어요?
  我什麼時候曾經說過那樣的話？

- 한 번도 그렇게 바란 적 없어요.
  連一次都沒有那樣子期盼過。

延伸補充：

1. 此句型僅為敘述過去經驗之有無，可與絕大多數動詞結合，無論具負面含意與否，較無使用上之限制。

- 상한 음식을 먹고 배탈이 난 적이 있어요.
  曾經吃了壞掉的食物而肚子痛。

- 친구에게 여자친구를 뺏긴 적 있어요.
  曾經被朋友搶走女朋友。

2. 由於句型中包含「있다」、「없다」，因此與部分句型合併使用時，需要同動詞般活用變化。但由於「있다」、「없다」本身未具備動詞含意，因此僅能與動詞結合的句型，無法添加於「-(으)ㄴ 적이 있다 [없다]」後方。

- 연예인을 만난 적 있는 사람이 있어요?
  有曾經見過藝人的人嗎？

- 그런 적 없는 것 같아요.
  好像沒有那樣子做過。

句型結合實例：

1. -아/어/여 보다 + -(으)ㄴ 적이 있다 [없다] + -아/어/여서

- 전에 해 본 적이 없어서 어떻게 해야 하는지 모르겠어요.
  因為之前沒有做過的經驗，所以不清楚要如何做。

2. -아/어/여 보다 + -(으)ㄴ 적이 있다 [없다] + -는/-(으)ㄴ/-(으)ㄹ

- 가 본 적이 없는 길은 항상 어렵고 두렵습니다.
  沒有走過的路總是令人感到既困難又恐懼。

C4 | 肯定與否定

C4-1 이다 ; 아니다

解　　釋：表示前述名詞之是與非。

中文翻譯：是……；不是……

結構形態：此句型前面僅可放置名詞，名詞與「이다」之間不需要空格。
名詞與「아니다」之間則通常添加「이/가」，並在「아니다」
及「이/가」間空一格。

結合用例：

與「名詞」結合時			
학생	학생이다 학생이 아니다	학교	학교이다 학교가 아니다

用　　法：

1. 「이다」為初學者接觸之最基本句型，在教材上一開始通常以「이에요./예요.」呈現，若能在看到句子時就明確地將「是」之含意翻譯出，可避免許多錯誤之發生。

   - 한국 사람이지요?
     是韓國人吧？

- 핸드폰이네요.

  是手機呢。

  > 🔍 此兩處之「이」即為「이다」的語幹，在意義上亦有「是」包含於內。

2. 「이다」在非正式場合中之陳述體結尾方式為「이에요./예요.」，疑問句為「이에요?/예요?」，根據前方名詞最後一字收尾音之有無，可區分為兩種使用情形，分別為有收尾音之名詞後接「이에요./이에요?」；無收尾音之名詞後則接上「예요./예요?」，此為方便連音所發展出之方式。

   - A: 학생이에요?

     是學生嗎？

     B: 네, 학생이에요.

     對，是學生。

   - A: 학교예요?

     是學校嗎？

     B: 네, 학교예요.

     對，是學校。

3. 「이다」在正式場合中使用之陳述體結尾方式為「입니다.」，疑問句為「입니까?」，與前方名詞最後一字收尾字之有無並無關聯。

   - A: 학생입니까?

     是學生嗎？

     B: 네, 학생입니다.

     對，是學生。

   - A: 학교입니까?

     是學校嗎？

     B: 네, 학교입니다.

     對，是學校。

4. 「이/가 아니다」在非正式場合中之陳述體結尾方式為「이/가 아니에요.」，疑問句為「이/가 아니에요?」。根據前方名詞之最後一字，有收尾音加上「이」，若無收尾音則加上「가」。

- A: 학생이에요?
  是學生嗎？
  B: 아니요, 학생이 아니에요.
  不，不是學生。

- A: 학교가 아니에요?
  不是學校嗎？
  B: 네, 학교가 아니에요.
  對，不是學校。

  🔍 此處需要留意以否定方式詢問時所對應之回答。與中文相同，回答中一開始的「네」、「아니요」，僅需要就對問句內容之同意與否判斷即可。

5. 「아니다」在正式場合中之陳述體結尾方式為「아닙니다.」，疑問句為「아닙니까?」。

- A: 학생입니까?
  是學生嗎？
  B: 아니요, 학생이 아닙니다.
  不，不是學生。

- A: 학교가 아닙니까?
  不是學校嗎？
  B: 네, 학교가 아닙니다.
  對，不是學校。

延伸補充：

1. 「아니다」為「不是」、「not」之意，雖與「아니요」樣貌相似，但「아니요」為「不」、「no」之意，具截然不同之含意。

- 아니요, 여기는 학교가 아닙니다.
  不，這裡不是學校。

- 아니요, 여기는 학교가 아니에요.
  不，這裡不是學校。

  🔍 在正式場合與非正式場合中，對問題進行否定回答時皆使用「아니요」，不受體例之不同而改變。

2. 「이다」與表「過去、完成」之先語末語尾「-았-/-었-/-였-」結合後作「이었다/였다」。根據前方名詞最後一字收尾音之有無，會有兩種使用情形，分別為有收尾音之名詞後接「이었다」；無收尾音之名詞後則接上「였다」。而「아니다」與「-았-/-었-/-였-」結合後則作「아니었다」。

- 그때는 학생이었어요.
  當時是學生。

- 저는 부자였어요.
  我曾經是有錢人。

  🔍 「名詞이다」與先語末語尾「-았-/-었-/-였-」之結合，帶有「過去有，但現在已經不具該身分」之含意，常使用於「曾經是，但現在已經不是」之狀況。

3. 「이다」通常不會深究其詞性，除了「이에요.」、「예요.」、「이에요?」、「예요?」此處之特例外，與其他句型結合時，原則上將其作形容詞使用即可。另外，「아니다」為形容詞，除了「아니에요.」、「아니에요?」此處之特例外，與其他句型結合時，通常僅需要配合該句型之原規則進行變化即可。

- 아무리 봐도 학생인 것 같은데요.
  不管怎麼看都像是學生呢。

- 별 거 아닌데요, 뭘.
  那也沒有什麼大不了的吧。

  🔍 「이다」、「아니다」在與其他句型一起使用時，必須將「이다」、「아니다」視為形容詞，再與句型結合。

句型結合實例：

1. 이다；아니다 + -는/-(으)ㄴ/-(으)ㄹ

- 대학생인 우리 아들은 학교 근처에서 자취하고 있어요.
  是大學生的我兒子，在學校附近自己住。

C4-2 있다 ; 없다

解　　釋：表示名詞之有無或存在與否。

中文翻譯：有……、在……；無……、不在……

結構形態：「있다」具動詞、形容詞之詞性，「없다」則僅具形容詞之詞性。然而「있다」、「없다」在與其他句型、表現結合時，皆常作動詞般地活用。

結合用例：

與「名詞」結合時			
학생	학생이 있다 학생이 없다	학교	학교가 있다 학교가 없다
집	집에 있다 집에 없다	학교	학교에 있다 학교에 없다

用　　法：

1. 當前方名詞加上「이/가」後，句型會呈現「有」、「無」之意，寫作「名詞이/가 있다」、「名詞이/가 없다」，且若名詞的最後一個字有尾音時會接「이」；無收尾音時則接「가」。另外，若前方名詞加上「에」為「在」、「不在」之意，寫作「名詞에 있다」、「名詞에 없다」。此時，透過「있다」、「없다」正前方之助詞，可判斷句子的含意。

   - (서울에) 학교가 있어요.
     （在首爾）有學校。

     （此句著重在學校之有無，即「名詞이/가 있다；없다」（有；無）。因此在日常說話時，若雙方皆知曉所談論之地方，亦可省略括號內之內容。）

- (학교가) 서울에 있어요.

  （學校）在首爾。

  （此句著重在學校是否存在於某處，即「名詞에 있다；없다」（存在；不存在於特定地點）。因此在日常說話時，若雙方皆知曉話題內之主語，亦可省略括號內之內容。）

2. 在使用此句型時，除了「有；無」、「在；不在」之區別之外，其中運用到的「에」亦易與「이/가」之位置混淆。通常在大範圍（地方、空間）後加上「에」；在小範圍（人、物）後加上「이/가」即可。

- 교실에 학생이 있어요.

  在教室內有學生。

- 학생이 교실에 있어요.

  學生在教室內。

  🔍 教室比學生大，因此「에」置於範圍較大之教室的後方，學生後方則加上「이」即可。同時，必須考量「있다」正前方之助詞為「에」或「이/가」，在意義上有所不同，在中文翻譯上亦有所區別。

延伸補充：

1. 「있다」、「없다」在大多數情形下為形容詞，但在表示部分含意，或與部分句型活用時，則作為動詞與其結合。

- 저는 그냥 집에 있을래요.

  我想就那樣待在家。

  （此處之「있다」（在）為動詞，為「待」之意思。）

- 친구가 학교에 없는 것 같아요.

  朋友似乎不在學校。

  （此處之「없다」（不在）雖為形容詞，但如動詞一般地與句型「-는/(으)ㄴ/(으)ㄹ 것 같다」（似乎……）結合。）

2. 若要對句子中的主語表達尊敬，當「있다」、「없다」的主語為需要尊敬之「人」時，寫作「계시다」、「안 계시다」；當主語非「人」，但因需要對其所有者表達尊敬時，則寫作「있으시다」、「없으시다」。

- 어머니가 대만에 계세요.
  母親在臺灣。

  （若寫成「대만에 어머니가 계세요.」則譯為「在臺灣有我的母親。」，此處決定使用「계시다」的條件為「對象是人」，不受「在」或「有」中文翻譯之差別而影響其使用。）

- 고객님, 표가 없으세요?
  顧客，沒有票嗎？

  （票非人，但物品之所有者為需要尊敬之人。）

句型結合實例：

1. 있다；없다 + -는/-(으)ㄴ/-(으)ㄹ

- 지금 집에 있는 사람이 누구예요?
  現在在家的人是誰？

2. 있다；없다 + -(으)ㄹ 수 있다 [없다]

- 세상에 어떻게 이런 일이 있을 수 있어?
  天底下怎麼可以有這種事呢？

C4-3 안 ; -지 않다

解　　釋：表達對行為、狀態之一般性、單純性否定。

中文翻譯：不……、沒……

結構形態：屬「안否定法」。「안」是副詞，為「아니」之縮略語；「않다」則可為補助形容詞、補助動詞，為「아니하다」之縮略語，並與連結語尾「-지」結合。

結合用例：

<table>
<tr><th colspan="4">與「動詞」結合時</th></tr>
<tr><td>공부하다</td><td>공부 안 하다
공부하지 않다</td><td>돕다</td><td>안 돕다
돕지 않다</td></tr>
<tr><td>읽다</td><td>안 읽다
읽지 않다</td><td>웃다</td><td>안 웃다
웃지 않다</td></tr>
<tr><td>만들다</td><td>안 만들다
만들지 않다</td><td>짓다</td><td>안 짓다
짓지 않다</td></tr>
<tr><td>닫다</td><td>안 닫다
닫지 않다</td><td>쓰다</td><td>안 쓰다
쓰지 않다</td></tr>
<tr><td>듣다</td><td>안 듣다
듣지 않다</td><td>자르다</td><td>안 자르다
자르지 않다</td></tr>
<tr><td>입다</td><td>안 입다
입지 않다</td><td>놓다</td><td>안 놓다
놓지 않다</td></tr>
</table>

與「形容詞」結合時			
따뜻하다	안 따뜻하다 따뜻하지 않다	좁다	안 좁다 좁지 않다
시다	안 시다 시지 않다	춥다	안 춥다 춥지 않다
좋다	안 좋다 좋지 않다	덥다	안 덥다 덥지 않다
짜다	안 짜다 짜지 않다	쓰다	안 쓰다 쓰지 않다
어렵다	안 어렵다 어렵지 않다	싫다	안 싫다 싫지 않다
힘들다	안 힘들다 힘들지 않다	좋다	안 좋다 좋지 않다

用　法：

1. 表示對某行為、狀態給予否定之含意，依長短之不同可分為「短形否定」與「長形否定」。作為一般否定用法時，可與動詞、形容詞搭配使用。

- 점심을 안 먹었어요?
  沒有吃午餐嗎？

- 오늘은 덥지 않으니까 에어컨을 안 틀어도 되겠네.
  今天因為不熱，不開冷氣應該也可以呢。

2. 「안」為短形否定，若有名詞則必須將其置於「안」前方；動詞、形容詞則置於「안」後方，作「名詞 안 動詞/形容詞」。「안」可與部分動詞、形容詞結合，為日常對話中常使用之形式。

- 이제 컴퓨터 게임을 안 해요.
  現在不玩電腦遊戲了。

  （「컴퓨터 게임」（電腦遊戲）為名詞，置於「안」（不）前方；「하다」（做）為動詞，置於「안」後方。）

- 어제 몸이 안 좋아서 조퇴했어요.

  昨天因為身體不舒服早退了。

  (「몸」（身體）為名詞，置於「안」前方；「좋다」（好）為形容詞，置於「안」後方。）

3. 「-지 않다」為長形否定，置於動詞、形容詞語幹之後，後方再接上語尾即可。基本上可與所有的動詞、形容詞結合。使用上較無限制，有時較短形否定「안」更具客觀性、正式感。

- 제 한국 친구는 김치를 먹지 않아요.

  我的韓國朋友不吃辛奇（韓國泡菜）。

- 이 음식은 너무 짜지 않아서 좋아요.

  這個食物因為不會太鹹所以很好。

4. 「안」與動詞一同使用時，若該動詞之形式為「名詞하다」，且該名詞可獨立使用，則需要將「안」置於名詞與「하다」之間，作「名詞(을/를) 안 하다」；形容詞則不需另外處理，直接將「안」置於形容詞前即可。

- 시험 공부(를) 안 할 거예요?

  你不讀書（準備）考試嗎？

  (「공부하다」（讀書）為動詞，且「공부」（讀書）為可獨立使用之名詞。）

- 이 표현은 하나도 안 어색해요.

  這個表達一點都不會不自然。

  (「어색하다」（不自然）為形容詞，「어색」無法獨立使用。）

5. 部分詞彙在意義上較無模糊空間，且原本就有相反意義之詞彙，則通常不適用否定用法。

- 학생이 아니에요.
  不是學生。

  （並無存在「안 이다」之用法。）

- 그 사람의 이름조차 몰라요.
  我連那個人的名字都不知道。

  （並無存在「안 알다」之用法。）

- 잔돈이 없어요.
  沒有零錢。

  （並無存在「안 있다」之用法。）

6. 「안 ; -지 않다」並不使用於命令句、共動句中。

延伸補充：

1. 「안」與部分動詞、形容詞結合時顯得不自然，此時需要使用「-지 않다」替代，作「動詞/形容詞語幹-지 않다」。

- 당신의 판단이 옳지 않아.
  你的判斷並不正確。

- 마음이 아름답지 않아요.
  心不美。

2. 在使用「-지 않다」時，可在「지」後方添加助詞，為句子增添更多之含意。

- 그 사람이 싫지는 않아요.
  那個人（討厭）是不討厭啦。

- 왜 먹어 보지도 않고 싫다고 했어요?
  為什麼連吃都沒吃就說不喜歡呢？

3. 由於「않다」可為補助形容詞、補助動詞，因此「-지 않다」在與其他表現結合時，需要注意「않다」之詞性。若「-지 않다」前方為動詞語幹，此時「않다」必須作動詞使用；若「-지 않다」前方為形容詞語幹，此時「않다」則必須作形容詞使用。

- 저는 입이 짧아서 먹지 않는 음식이 많아요.
  我因為很挑食，有很多不吃的食物。

- 이건 별로 어렵지 않은 일인데...
  這不是什麼難事啊⋯⋯。

句型結合實例：

1. -고 있다 + -지 않다

- 신용카드를 갖고 있지 않아요?
  你不是有信用卡嗎？

2. -아/어/여 주다 + -지 않다 + -고 있다

- 지금 아무도 저를 도와주지 않고 있습니다.
  現在沒有任何人在協助我。

C4-4 못 ; -지 못하다

解　　釋：表達對行為、動作之可行性給予否定。

中文翻譯：不會……、不能……、沒能……

結構形態：屬「못否定法」。「못」是副詞；「못하다」則通常作為補助
　　　　　動詞使用，並與連結語尾「-지」結合。

結合用例：

與「動詞」結合時			
공부하다	공부 못 하다 공부하지 못하다	돕다	못 돕다 돕지 못하다
읽다	못 읽다 읽지 못하다	웃다	못 웃다 웃지 못하다
만들다	못 만들다 만들지 못하다	짓다	못 짓다 짓지 못하다
닫다	못 닫다 닫지 못하다	쓰다	못 쓰다 쓰지 못하다
듣다	못 듣다 듣지 못하다	자르다	못 자르다 자르지 못하다
입다	못 입다 입지 못하다	넣다	못 넣다 넣지 못하다

用　法：

1. 表示對從事某行動之可行性給予否定，此時敍述行為者為「無能力」，或由於「外在因素」導致無法實行該行動，而非依據話者意志而並未行動。另依長短之不同，可分為「短形否定」與「長形否定」。

- 저는 스키를 못 타요.
  我不會滑雪。

  （表示主語不具備能力，因此無法從事「스키를 타다」（滑雪）一動作。）

- 어제는 몸이 아파서 학교에 못 왔어요.
  昨天因為身體不舒服所以沒能來學校。

  （表示主語因外在、其他因素導致無法實行「학교에 오다」（來學校）一動作。）

- 이 사람을 못 봤어요?
  沒看到這個人嗎？

  （「못 봤다」（沒看到、看見）一行為並非依據主語之意志而發生。）

2. 「못」為短形否定，若有名詞則必須將其置於「못」前方；動詞則置於「못」後方，作「名詞 못 動詞」，為日常對話中常使用之形式。

- 오늘은 운전해야 돼서 술을 못 마셔요.
  因為今天要開車，所以不能喝酒。

  （「술」（酒）為名詞，置於「못」前方；「마시다」（喝）為動詞，置於「못」後方。）

- 지각할 것 같아서 아침을 못 먹었어요.
  因為好像快遲到了，所以沒能吃早餐。

  （「아침」（早餐）為名詞，置於「못」前方；「먹다」（吃）為動詞，置於「못」後方。）

3. 「-지 못하다」為長形否定，置於動詞語幹之後，作「動詞語幹-지 못하다」，後方再接上語尾即可。有時較短形否定「못」更具客觀性、正式感。

- 약속을 지키지 못할 것 같습니다.
  似乎無法遵守約定了。

- 아직 시작하지 못했어요.
  還尚無法開始。

4. 「못」與動詞一同使用時，若該動詞之形式為「名詞하다」，且該名詞可獨立使用，則需要將「못」置於名詞與「하다」之間，作「名詞(을/를) 못 하다」。

- 내가 너를 용서 못 해.
  我無法原諒你。

  （「용서하다」（原諒）為一動詞，且「용서」可獨立使用。）

- 시간이 없어서 청소를 못 했어요.
  因為沒有時間，所以沒能打掃。

  （「청소하다」（打掃）為一動詞，且「청소」可獨立使用。）

5. 「못；-지 못하다」並不使用於命令句、共動句中。

延伸補充：

1. 在使用「-지 못하다」時，可在「지」後方添加助詞，為句子增添更多之含意。

- 저 선수가 생각하지도 못한 골을 넣었어요.
  那個選手踢進了我們連想都沒想到的一球。

- 제가 직접 가지는 못했지만 마음속에서 응원했습니다.
  雖然我沒能親自去，但已在心裡爲他加油。

2. 欲表達強烈之命令時，亦可與「-지 못하다」搭配使用，此時將話者「不耐煩、不滿」之態度明顯地表露出。

- 닥치지 못해?
  你難道不能閉上嘴嗎？

- 당장 나가지 못해?
  你還不馬上給我出去嗎？

句型結合實例：

1. -지 못하다 + -는/-(으)ㄴ/-(으)ㄹ

- 알레르기 때문에 복숭아를 먹지 못하는 사람들이 많아요.
  因為過敏而不能吃水蜜桃的人很多。

2. -아/어/여 보다 + -지 못하다 + -는/-(으)ㄴ/-(으)ㄹ

- 지금까지 한 번도 경험해 보지 못한 일을 해 보고 싶어요.
  想體驗看看到目前為止連一次都沒體驗過的事情。

其他常用表現

在韓語中，句型之使用為學習之重點，不僅為文句內容賦予意義，更是他人用以判斷對方韓語能力之標準之一。

並未被歸類於前三章之其他常用表現句型，所涵蓋之內容較廣，常與其他句型一同結合使用。學習者若能清楚理解本章之內容，並加以活用，相信能使韓語表現能力更為豐富、生動。

D1-1 -기로 하다

解　釋：表達實行某行為之決心、決定，或與他人之間的約定。

中文翻譯：決定好要……了、下定決心要……了、約定好要……了

結構形態：由名詞形轉成語尾「－기」、表示「約定、決定」之助詞「로」，與動詞「하다」結合而成。

結合用例：

與「動詞」結合時			
공부하다	공부하기로 하다	돕다	돕기로 하다
읽다	읽기로 하다	웃다	웃기로 하다
만들다	만들기로 하다	짓다	짓기로 하다
닫다	닫기로 하다	쓰다	쓰기로 하다
듣다	듣기로 하다	자르다	자르기로 하다
입다	입기로 하다	낳다	낳기로 하다

用　法：

1. 表達已下定決心、決定要從事某行動。話者透過此句型向聽者告知、詢問已下定好之決心、決定。

   • 저는 이미 술을 끊기로 했어요.
     我已經下定決心要將酒戒掉了。

- 내년에 결혼하기로 했어요?

  已經決定好明年要結婚了嗎？

2. 除決心之表達外，亦可表達與他人已經做好之約定、或與他人約定好共同從事某行動。話者透過此句型向聽者告知、詢問，此時主語通常為複數。

- 다음 주에 같이 점심을 먹기로 했어요?

  （你們）約好了下週要一起吃午餐嗎？

- 친구들하고 다음달에 엠티를 가기로 했어요.

  和朋友們約好了下個月要一起去宿營。

3. 由於「-기로 하다」所表示之決心、約定，通常在說話之前就已經完成其決斷，因此在絕大部分之情形中，本句型常與先語末語尾「-았-/-었-/-였-」結合作「-기로 했다」。

- 아파서 학교에 안 가기로 했어요.

  因為不舒服，決定不去學校了。

- 주말에 아이와 케이크를 만들기로 했어요.

  約好了週末要和孩子一起做蛋糕。

延伸補充：

1. 為使意義更為明確，依據句中文意之不同，可將「-기로 하다」中之「하다」替換成「결심하다」（決意）、「마음을 먹다」（下定決心）作「-기로 결심하다」、「-기로 마음을 먹다」，表「決心要……」；替換成「결정하다」（決定）作「-기로 결정하다」，表「決定要……」；替換成「약속하다」（約定）作「-기로 약속하다」，表「約定好要……」。

- 열심히 운동해서 살을 빼기로 마음을 먹었어요.

  下定決心要認真運動減肥了。

- 내일 만나기로 약속했어요.

  約定好了明天要見面。

2. 在部分情況下，亦可利用「-기로 하다」表達當下之決定、和他人之約定。在當下正在決定從事某行動、或在當下正在與他人約定共同從事某行動時，便不與先語末語尾「-았-/-었-/-였-」結合。

- 내일 같이 밥을 먹기로 해요.
  （我們）約明天一起吃飯吧。

- 오늘은 한식을 먹기로 해요.
  （我們）今天就決定吃韓食吧。

句型結合實例：

1. -아/어/여 주다 + -기로 하다

- 오늘이 친한 친구의 생일이라 맛있는 것을 사 주기로 했어요.
  因為今天是好朋友的生日，決定要請他吃好吃的了。

2. -아/어/여 보다 + -기로 하다

- 이 일을 끝까지 해 보기로 했어요.
  下定決心要試著將這事情進行到最後。

D1-2 -(으)ㄹ게(요)

解　　釋：表達話者自身針對某動作之意志、允諾，同時考量聽者心理而說出。

中文翻譯：會……的、來……、就……囉

結構形態：由冠形詞形語尾「-(으)ㄹ」、表達「話者之展望或推測」意義之依存名詞「것」，與「이다」結合而成。屬口語用法，無法與格式體終結語尾結合，當聽者是需要被尊敬的對象時，必須在後方加上「요」。

結合用例：

與「動詞」結合時			
공부하다	공부할게(요)	돕다	도울게(요)*
읽다	읽을게(요)	웃다	웃을게(요)
만들다	만들게(요)*	짓다	지을게(요)*
닫다	닫을게(요)	쓰다	쓸게(요)
듣다	들을게(요)*	자르다	자를게(요)
입다	입을게(요)	놓다	놓을게(요)

用　　法：

1. 表達給予對方允諾，即承諾、答應聽者會做某行動。此時並非與對方互相約定，而是僅表達自身之意志，將其告知對方。

   - A: 이모, 물티슈 좀 주세요.
     阿姨，請給我濕紙巾。
   - B: 예. 갖다드릴게요.
     好的，會拿去給您的。

D

其他常用表現

- 밥은 제가 살게요.
  飯由我來請。

2. 除表達允諾外，亦可用於單純之告知，告知聽者將要做某行動，此時為在「考量聽者的心理」情況下表達自身之意志。話者之行動與聽者有一定程度之關聯，常會影響聽者往後之行動或心理。

- 그럼 제가 먼저 가 볼게요.
  那我就先走囉。

  （表達自己「먼저 가 보다」（先走）的意志，同時考量到自己先走的話，可能會對聽者產生心理上之影響，且聽者接下來需要意識到話者已經不在現場，不能與自己交談。）

- 이만 전화를 끊을게요.
  那就先這樣子，我先掛電話囉。

  （表達自己「전화를 끊다」（掛電話）的意志，同時對聽者產生影響，且聽者必須中止話題、掛上電話。）

3. 由於「-(으)ㄹ게(요)」涉及行為意志，因此僅與動詞結合，且無法使用於過去時制、疑問句。同時，該動詞亦僅限於含有「主語意志」之動詞，不需有行為者之動作、自然現象等，皆無法與此句型一起使用。

- 고마워요. 잘 먹을게요.
  謝謝，我會好好享用的。

- 시간이 없으니까 제가 빨리 끝낼게요.
  因為沒有時間了，我會快一點將它結束的。

延伸補充：

1. 「-(으)ㄹ게(요)」之主語僅能為第一人稱，除了第一人稱單數的「我」之外，尚有第一人稱複數的「我們」；惟此處之「我們」必須將聽者排除，不可包含聽者。

   - 제가 일이 있어서 먼저 갈게요.
     我因為有事，先走囉。

   - 선생님, 저희가 먼저 가 있을게요.
     老師，我們就先過去囉。

     （此句中之「저희」（我們）為謙稱，並不包含老師，可能為學生們，代表學生們之群體意志。）

句型結合實例：

1. -아/어/여 주다 + -(으)ㄹ게(요)

   - 네가 우리집으로 오면 내가 맛있는 케이크를 만들어 줄게.
     你如果來我們家的話，我會做好吃的蛋糕給你的。

2. -아/어/여 보다 + -(으)ㄹ게(요)

   - 알았어요. 생각 좀 해 볼게요.
     我知道了，我會考慮看看的。

D2-1 -(으)ㄹ 수 있다 [없다]

解　　釋：表示外在情況之允許與否，或能力、可能性之有無。

中文翻譯：會 [不會]……、可以 [不可以]……、可能 [不可能]……

結構形態：由冠形詞形語尾「-(으)ㄹ」、表達「能力之具備、事情發生之可能性」意義之依存名詞「수」，與表示「有 [無]」意義之「있다 [없다]」結合而成。

結合用例：

與「動詞」結合時			
하다	할 수 있다 [없다]	돕다	도울 수 있다 [없다]*
읽다	읽을 수 있다 [없다]	웃다	웃을 수 있다 [없다]
만들다	만들 수 있다 [없다]*	짓다	지을 수 있다 [없다]*
닫다	닫을 수 있다 [없다]	쓰다	쓸 수 있다 [없다]
듣다	들을 수 있다 [없다]*	자르다	자를 수 있다 [없다]
입다	입을 수 있다 [없다]	놓다	놓을 수 있다 [없다]

與「形容詞」結合時			
따뜻하다	따뜻할 수 있다 [없다]	좁다	좁을 수 있다 [없다]
시다	실 수 있다 [없다]	춥다	추울 수 있다 [없다]*
같다	같을 수 있다 [없다]	낫다	나을 수 있다 [없다]*

좋다	좋을 수 있다 [없다]	바쁘다	바쁠 수 있다 [없다]
없다	없을 수 있다 [없다]	빠르다	빠를 수 있다 [없다]
길다	길 수 있다 [없다]*	그렇다	그럴 수 있다 [없다]*

與「名詞이다」結合時			
학생이다	학생일 수 있다 [없다]	학교이다	학교일 수 있다 [없다]

用　法：

1. 表達「具備能力與否」、「行為之可行與否」與「事件、情況之可能性有無」之含意，需要依據文句之脈絡、當下之情況判斷、使用。

- 한국어를 할 수 있어요.
  會講韓語。

  （表示是否具備「한국어를 하다」（說韓語）之能力。）

- 도서관에서는 음식물을 먹을 수 없어요.
  在圖書館不行吃東西。

  （表示「도서관에서 음식물을 먹다」（在圖書館吃東西）一行為之可行與否、能不能做。）

- 원숭이도 나무에서 떨어질 수 있어요.
  就算是猴子也有從樹上掉下來的可能。

  （表示「원숭이가 나무에서 떨어지다」（猴子從樹上掉下來）一狀況發生之可能性。）

2. 用於「具備能力與否」之含意時，此時僅能與動詞結合。若表示具備該動作之能力時作「-(으)ㄹ 수 있다」；表示不具備該動作之能力時則作「-(으)ㄹ 수 없다」。

- 저는 수영을 할 수 있어요.
  我會游泳。

- 피아노를 칠 수 없어요.
  不會彈鋼琴。

3. 用於「行為之可行與否」時，是由於「外在限制」、「他人允許」、「情況允許」、「其他考量」等因素導致行為受期望、期待或可行與否，此時僅能與動詞結合。若表示該行為可行時作「-(으)ㄹ 수 있다」；表示該行為不可行時則作「-(으)ㄹ 수 없다」。

- 오늘은 수업이 없어서 집에서 쉴 수 있어요.
  今天因為沒有課，所以可以在家休息。

  （表示由於「수업이 없다」（沒有課）一情況允許，所以「집에서 쉬다」（在家休息）一行為可行。）

- 아직 미성년자이기 때문에 술을 마실 수가 없어요.
  因為還是未成年人，所以不能喝酒。

  （表示由於「아직 미성년자이다」（尚為未成年人）一外在限制，所以「술을 마시다」（喝酒）一行為不可行。在依存名詞「수」後方添加之「가」具有強調之功能。）

4. 用於「事件、情況之可能性有無」時，可與動詞、形容詞、名詞이다結合。若表示具可能性時作「-(으)ㄹ 수 있다」；表示不具可能性時則作「-(으)ㄹ 수 없다」。同時，若敍述可能發生之事件的狀態、行為的時間為過去，或是已完成，則需要在前文添加先語末語尾「-았-/-었-/-였-」，分別作「-았/었/였을 수 있다」、「-았/었/였을 수 없다」。

- 이것이 마지막 희망일 수 있어요.
  這可能是最後一個希望。

- 사실은 진실과 다를 수도 있어요.
  事實也可能與真相不同。

- 세일이 벌써 끝났을 수 있어요.
  特賣可能已經結束了。

句型結合實例:

1. -(으)ㄹ 수 있다 [없다] + -(으)ㄹ 것이다

- 너니까 잘 할 수 있을 거야.
  因為是你，應該可以做得很好。

2. -(으)ㄹ 수 있다 [없다] + -는/(으)ㄴ/(으)ㄹ 것 같다 + -는/(으)ㄴ데(요)

- 오늘은 일찍 퇴근할 수 있을 것 같은데요.
  今天好像可以早一點下班呢。

D2-2 -(으)ㄹ 줄 알다 [모르다]

解　　釋：表達具備該能力之有無，或知曉做該行為的方法之與否。

中文翻譯：會 [不會]……、懂得 [不懂得]如何……、通曉 [不通曉]……

結構形態：由冠形詞形語尾「-(으)ㄹ」、具「方法」含意之依存名詞
　　　　　「줄」，與表示「知道 [不知]」意義之「알다 [모르다]」結合
　　　　　而成。

結合用例：

與「動詞」結合時			
하다	할 줄 알다 [모르다]	돕다	도울 줄 알다 [모르다]*
읽다	읽을 줄 알다 [모르다]	굽다	구울 줄 알다 [모르다]*
만들다	만들 줄 알다 [모르다]*	짓다	지을 줄 알다 [모르다]*
끓이다	끓일 줄 알다 [모르다]	쓰다	쓸 줄 알다 [모르다]
걷다	걸을 줄 알다 [모르다]*	자르다	자를 줄 알다 [모르다]
입다	입을 줄 알다 [모르다]	넣다	넣을 줄 알다 [모르다]

用　　法：

1. 表示具有做某行為之能力，或通曉做某事情之方法。若表示具備做該行為之
   能力時作「-(으)ㄹ 줄 알다」；表示不具備做該行為之能力時則作「-(으)ㄹ
   줄 모르다」。

   - 한국어를 할 줄 아는 사람이 많이 없어요.
     通曉韓語的人沒有很多。

   - 라면을 맛있게 끓일 줄 알아요?
     你懂如何把泡麵煮得好吃嗎？

2. 由於「-(으)ㄹ 줄 알다 [모르다]」涉及行為能力，因此前方僅能與動詞結合，且使用於「需要特別之技術」、「透過學習獲得」之行為較為自然。

- 와, 너도 사과할 줄 아는구나.
  哇，原來你也懂得道歉啊。

  （「사과할 줄 알다」（懂得道歉）一行為並非與生俱來，而是需要透過學習獲得之能力。）

- 대만에 오기 전에는 중국어를 할 줄 몰랐어요.
  在來臺灣之前不會說中文。

  （表示「중국어를 할 줄 모르다」（不會說中文）為過去之狀況，在句尾添加表「結束、完成」之先語末語尾「-았-/-었-/-였-」）

延伸補充：

1. 「-(으)ㄹ 줄 알다 [모르다]」由於在意義上較單一，使用上亦較為精準、不模糊。

- 술을 먹을 줄은 알지만 오늘은 운전해야 돼서 마시면 안 돼요.
  雖然懂得如何喝酒，但是今天由於要開車，所以不能喝。

  （此處僅有「술을 먹을 줄 알다」（會喝酒）之意，並無「술을 먹을 수 있다」（可以喝酒）句中包含涉及狀況允許之含意。）

句型結合實例：

1. -(으)ㄹ 줄 알다 [모르다] + -지만

- 한글을 읽을 줄은 알지만 대화는 할 수 없어요.
  雖然看得懂韓文，但是不能對話。

2. -(으)ㄹ 줄 알다 [모르다] + -아/어/여야 하다

- 남의 입장을 이해할 줄 알아야 합니다.
  必須懂得理解他人的立場。

D2-3 -(으)ㄹ까 봐

解　　釋：表達對某狀況、狀態發生之憂慮。

中文翻譯：怕……所以、擔心……所以

結構形態：由終結語尾「-(으)ㄹ까」、表示「具行動之意圖」之補助形容
詞「보다」，與連結語尾「-아/어/여」結合而成。

結合用例：

與「動詞」結合時			
하다	할까 봐	팔리다	팔릴까 봐
읽다	읽을까 봐	울다	울까 봐*
만들다	만들까 봐*	붓다	부을까 봐*
닫다	닫을까 봐	쓰다	쓸까 봐
듣다	들을까 봐*	자르다	자를까 봐
입다	입을까 봐	놓치다	놓칠까 봐

與「形容詞」結合時			
부족하다	부족할까 봐	좁다	좁을까 봐
시다	실까 봐	춥다	추울까 봐*
좋다	좋을까 봐	나쁘다	나쁠까 봐
작다	작을까 봐	바쁘다	바쁠까 봐
없다	없을까 봐	빠르다	빠를까 봐
길다	길까 봐*	그렇다	그럴까 봐*

與「名詞이다」結合時			
학생이다	학생일까 봐	학교이다	학교일까 봐

用　法：

1. 表示對前文內容之假設感到擔心、害怕，說明其為引發從事後文行為的原因。前文內容通常具負面性，或是不被期望之事；後文內容通常是為避免該狀況實現導致損害、不良影響發生，進而做出之努力、防範。

- 약속 시간에 늦을까 봐 뛰어왔어요.
  擔心趕不上約定的時間，所以用跑的過來。

  （擔心「늦다」（遲到）而做出「뛰어오다」（跑著過來）一行為之努力。）

- 시험에 떨어질까 봐 공부를 열심히 하고 있어요.
  擔心考試落榜，所以正努力地用功讀書。

  （擔心「시험에 떨어지다」（落榜）而做出「공부를 열심히 하다」（用功讀書）一行為之防範、努力。）

2. 除了於後文敘述為避免前文內容實現所做之努力、防範之外，亦可單純敘述對該假設感到之擔心、害怕。

- 남자 친구하고 사이가 멀어질까 봐 걱정이에요.
  擔心與男朋友之間的關係變得疏遠。

- 오늘 날씨가 안 좋을까 봐 걱정했네요.
  之前還怕今天的天氣不好呢。

3. 「-(으)ㄹ까 봐」前方可與動詞、形容詞、名詞이다結合，且若欲假設引起擔憂之事情、狀況已發生，則在前文添加先語末語尾「-았-/-었-/-였-」，作「-았/었/였을까 봐」，以表示該假設事件狀況之結束、完成。

- 심각한 병일까 봐 걱정이에요.
  擔心是很嚴重的病。

  （對「삼각한 병이다」（是嚴重的病）一假設感到憂慮。）

- 표가 다 팔렸을까 봐 걱정이에요.
  擔心票已經被賣光了。

  （擔心「표가 다 팔렸다」（票已經全被賣光），是假設「票已被賣光」一狀況已經發生。）

延伸補充：

1. 由於「-(으)ㄹ까 봐」的後方，通常會接上為了避免前文內容實現，而所做出的努力、防範，以及對該假設感到之憂慮、害怕等內心描述，因此不能與含有「未來計畫」、「命令」、「勸誘」、「共動」含意之表現一同使用。

- 선생님이 벌써 도착하셨을까 봐 걱정이에요.
  擔心老師早就已經到了。

- 사실대로 말하면 야단맞을까 봐 거짓말을 했어요.
  擔心照實說出的話會挨罵，所以撒了謊。

D3 | 義務、許可與禁止

D3-1 -아/어/여야 하다

解　　釋：表示達成某狀態，或進行某動作之義務、必要性。

中文翻譯：必須要……、一定要……、要……

結構形態：由表現「前文為後文條件」之連結語尾「-아/어/여야」，與表示「實現前文行動、狀態之必要性」之補助動詞「하다」結合而成。

結合用例：

與「動詞」結合時			
공부하다	공부해야 하다*	돕다	도와야 하다*
읽다	읽어야 하다	웃다	웃어야 하다
만들다	만들어야 하다	짓다	지어야 하다*
닫다	닫아야 하다	쓰다	써야 하다*
듣다	들어야 하다*	자르다	잘라야 하다*
입다	입어야 하다	놓다	놓아야 하다

與「形容詞」結合時			
따뜻하다	따뜻해야 하다*	좁다	좁아야 하다
시다	셔야 하다*	춥다	추워야 하다*
같다	같아야 하다	낫다	나아야 하다*

좋다	좋아야 하다	바쁘다	바빠야 하다*
없다	없어야 하다	빠르다	빨라야 하다*
길다	길어야 하다	그렇다	그래야 하다*

與「名詞이다」結合時			
학생이다	학생이어야 하다	학교이다	학교여야 하다

用　法：

1. 與動詞結合時，表示進行該行為、動作之必須性；與形容詞、名詞이다結合時，則表示達成或滿足該狀態、條件之必要性。其中，與名詞이다一起使用時，若名詞最後一字有收尾音作「名詞이어야 하다」，無收尾音則作「名詞여야 하다」。

- 아침을 잘 챙겨 먹어야 해요.
  必須要按時吃早餐。

  （表示「아침을 챙겨 먹다」（按時吃早餐）一行為之必須性。）

- 내일은 날씨가 꼭 좋아야 해요!
  明天天氣一定要很好！

  （表示達成「날씨가 좋다」（天氣好）一狀態之必要性。）

- 꼭 너여야 해. 또 너여야만 해.
  一定要是你，又必須只能是你。

  （表示滿足「너이다」（是你）一條件之必要性。）

2. 此句型與動詞結合時，由於是強調進行行為、動作之必須性，同時帶有「義務性」、「強制性」之感，因此在部分情況中可用以代替命令句，但不另外以命令句、共動句方式呈現；惟具強制性之語感，若聽者、主語同時為長輩或社會地位較高的人，必須謹慎使用。

- 한국어 CD를 들어야 해!
  你必須要聽韓語 CD！

- 늦으면 안 되니까 내일 일찍 와야 해!
  因為不能遲到，明天一定要早點來！

3. 在實際使用於口語時，常將「하다」替換成補助動詞「되다」作「-아/어/여야 되다」，「-아/어/여야 하다」則常被使用於較為正式、莊嚴之場合。

- 이 숙제는 오늘 안에 끝내야 돼요.
  這個作業一定要在今天之內完成。

- 저희에게 반드시 사과하셔야 합니다.
  一定、必須得向我們道歉。

延伸補充：

1. 欲表現「過去必須實現，實際上卻沒有實現之行動」，或「當時必須達到、滿足，實際上卻並未達到、滿足之狀態或條件」時，可使用句型「-았/었/였어야 했다」呈現，此時在話中同時包含了話者後悔、遺憾、怪罪等心理。

- 보고서를 제출하기 전에 다시 한 번 체크했어야 했는데...
  應該在交出報告書之前再檢查一次的……。

- 그 말을 하지 말았어야 했는데 이제 후회가 되네요.
  不應該說那句話的，現在後悔了呢。

2. 由於此句型中之「하다」、「되다」兩者為「補助動詞」，因此後方在與其他句型、表現結合時，無論「-아/어/여야 하다」、「-아/어/여야 되다」前方之詞性為何，皆需要如同動詞般地活用。

- 종로에 가야 하는데 어떻게 가야 돼요?
  我要去鍾路，要怎麼去呢？

- 발효 식품을 먹어야 되는 이유는 무엇일까요?
  我們必須吃發酵食品的理由是什麼呢？

- 이것이 회사 사무실에 꼭 있어야 하는 쇼파입니다.
  這是在公司辦公室一定要有的沙發。

句型結合實例：

1. -아/어/여야 하다 + -아/어/여서

- 이따가 회사에 돌아가야 해서 이제 가 봐야 할 것 같아요.
  因為等一下還要回去公司，所以現在應該要走了。

2. -아/어/여야 하다 + -는/(으)ㄴ/(으)ㄹ 것 같다 + -아/어/여서

- 뭐라도 줘야 할 것 같아서 이 와인을 사 왔어요.
  感覺應該要給點什麼，所以買了這瓶紅酒來。

D3-2 -(으)면 되다

解　　釋：表示實現某動作，或達成某狀態即足夠、充分。

中文翻譯：……就好了、……就可以了

結構形態：由表「條件」之連結語尾「-(으)면」，與具「可以、樂見」含意之動詞「되다」結合而成。

結合用例：

與「動詞」結合時			
공부하다	공부하면 되다	돕다	도우면 되다*
읽다	읽으면 되다	웃다	웃으면 되다
만들다	만들면 되다*	짓다	지으면 되다*
닫다	닫으면 되다	쓰다	쓰면 되다
듣다	들으면 되다*	자르다	자르면 되다
입다	입으면 되다	놓다	놓으면 되다

與「形容詞」結合時			
따뜻하다	따뜻하면 되다	좁다	좁으면 되다
시다	시면 되다	춥다	추우면 되다*
같다	같으면 되다	낫다	나으면 되다*
좋다	좋으면 되다	바쁘다	바쁘면 되다
없다	없으면 되다	빠르다	빠르면 되다
길다	길면 되다*	그렇다	그러면 되다*

與「名詞이다」結合時			
학생이다	학생이면 되다	학교이다	학교(이)면 되다

用　法：

1. 若與動詞結合，表示「進行該行為、動作」即足夠、充分；若與形容詞、名詞이다結合時，則表示「達成或滿足該狀態、條件」即已充足。其中，與名詞이다一起使用時，若名詞最後一字無收尾音，通常將「이」予以省略。

- 그렇게 하면 됩니다.
  那樣做就可以了。

  （表示僅需要進行「그렇게 하다」（那樣做）一行為即可、即充分，不需另外從事其他動作。）

- 어제의 나보다 오늘의 내가 더 좋으면 돼.
  比起昨天的我，今天的我更好就好了。

  （表示僅需滿足「어제의 나보다 더 좋다」（比昨天的我更好）一狀態即可，不需另外具備其他狀態即足夠、充分。）

- 좋은 사람에게만 좋은 사람이면 돼요.
  只要對好人來說，（我們）是好人就好了。

  （表示僅需滿足「좋은 사람에게는 좋은 사람이다」（對好人來說，我們是好人）一條件即可，即「在壞人面前，我們可以不一定要當好人」。）

2. 在使用此句型時，常為「解釋」、「說明」之情況，因此此時亦會將「簡單、輕而易舉」之態度傳達至聽者。同時，所表達之語氣，可能為「降低聽者之憂心、負擔」之體貼，或是具「輕視該行動、狀況」之理所當然。

- 이 일은 그냥 대충 하면 되니까 너무 스트레스를 받지 마세요.
  這事就大略地做就好了，所以不要太感到有壓力。

  （話者視「대충 하다」（隨便做做）一動作為容易之方式，藉以降低聽者對「需要完美達成」感到之壓力。）

- 싫으면 안 하면 되잖아.

  不喜歡的話，不要做不就就好了？

  （話者視「안 하다」（不要做）為簡單之方式，認為「放棄」一事十分簡單，輕視其之困難度；同時，聽者可能因為有不能放棄的苦衷、堅持，也因此對話者之話感到不滿。）

延伸補充：

1. 由於此句型中之「되다」為動詞，因此即使「-(으)면 되다」前方與形容詞、名詞이다作結合，後方與其他句型、表現結合時，仍皆需要作動詞活用。

   - 앗, 커피 샀어? 나는 물만 있으면 되는데...

     啊，你買了咖啡啊？我只要有水就行了呢⋯⋯。

   - 이건 이렇게 하면 되는구나.

     這個原來這樣子做就好了呢。

句型結合實例：

1. -(으)면 되다 + -는/(으)ㄴ/(으)ㄹ 것 같다

   - 배고프지 않으니까 그냥 우유만 마시면 될 것 같아요.

     因為肚子不餓，只喝牛奶應該就可以了。

2. -아/어/여 보다 + -(으)면 되다

   - 두려워하지 말고 해 보면 돼요.

     不要懼怕，試試看就好了。

D3-3 -아/어/여도 되다

解　　釋：表達進行某行動，或某狀態實現之允許、同意、無妨。

中文翻譯：……也沒關係、……也行、……也無妨、可以……

結構形態：由表「即使……也」之連結語尾「-아/어/여도」，與具「可行、可被允許」含意之動詞「되다」結合而成。

結合用例：

與「動詞」結合時

공부하다	공부해도 되다*	굽다	구워도 되다*
읽다	읽어도 되다	웃다	웃어도 되다
만들다	만들어도 되다	짓다	지어도 되다*
닫다	닫아도 되다	쓰다	써도 되다*
듣다	들어도 되다*	자르다	잘라도 되다*
입다	입어도 되다	놓다	놓아도 되다

與「形容詞」結合時

따뜻하다	따뜻해도 되다*	좁다	좁아도 되다
시다	셔도 되다*	춥다	추워도 되다*
좋다	좋아도 되다	낫다	나아도 되다*
낡다	낡아도 되다	바쁘다	바빠도 되다*
없다	없어도 되다	빠르다	빨라도 되다*
길다	길어도 되다	그렇다	그래도 되다*

與「名詞이다」結合時

학생이다	학생이어도 되다	학교이다	학교여도 되다

用　法：

1. 表達對某動作、狀態實現之允許，可與動詞、形容詞、名詞**이다**結合，說明不在意該行為、狀態、條件之施行或實現與否，或對其給予同意、讓步。其中，與名詞**이다**一起使用時，若名詞最後一字有收尾音作「名詞**이어도 되다**」，無收尾音則作「名詞**여도 되다**」。

- 숙제는 내일 제출해도 돼요.
  作業明天再交也沒關係。

  （對「내일 숙제를 제출하다」（明天繳交作業）一行為表示允許、讓步。）

- 물건이 좋으면 가격이 비싸도 돼요.
  東西好的話，價格貴也沒有關係。

  （對「가격이 비싸다」（價格貴）一狀況表示同意、讓步。）

- 증명사진의 배경은 파란색이어도 돼요.
  證件照的背景是藍色也沒有關係。

  （對「배경은 파란색이다」（背景是藍色）一條件表示同意、讓步。）

2. 由於此句型含有「詢問是否可行、希望獲得對方允許」或「說明不在意該行為、狀態、條件之施行、實現與否」之含意，因此常將「-아/어/여도 되다」中之「되다」替換為具「沒關係」意義之「괜찮다」，作「-아/어/여도 괜찮다」。

- 수업 시간에 밥을 먹어도 괜찮아요?
  在上課時間可以吃飯嗎？

- 꼭 비싼 선물이 아니어도 괜찮아요.
  不一定要是貴的禮物也沒有關係。

延伸補充：

1. 「-아/어/여도 되다」前方若與「一般否定」結合作「안 -아/어/여도 되다」，或「-지 않아도 되다」時，表示對該行為、狀態及條件之無法實現給予讓步、允許，有「並未有實現或達成該行為、狀態、條件之需要或義務」之意。

   - 시간이 넉넉하니까 일찍 출발하지 않아도 돼요.
     因為時間還很充裕，用不著早一點出發。

   - 답안지에 학번을 안 써도 돼요?
     不需要在答案紙上寫上學號嗎？

2. 由於此句型中之「되다」為動詞，因此即使「-아/어/여도 되다」前方與形容詞、名詞이다作結合，後方與其他句型、表現結合時，仍皆需要作動詞活用。

   - 나 혼자 가도 되는데...
     我一個人去，也沒關係啊……。

   - 이제 내가 없어도 되는 거야?
     現在就算沒有我，也沒關係嗎？

句型結合實例：

1. -아/어/여도 되다 + -지만

   - 선생님은 해도 되지만 학생들은 하면 안 돼요.
     雖然老師可以做但學生不行做。

2. -아/어/여 보다 + -아/어/여도 되다 + -(으)ㄹ까(요)?

   - 제가 일이 있어서 먼저 가 봐도 될까요?
     我因為有事，可以先走嗎？

D3-4 -(으)면 안 되다

解　　釋：表達對進行某行動，或對實現某狀態之不同意、禁止。

中文翻譯：不可以……、不能……、不行……

結構形態：由表「條件」之連結語尾「-(으)면」、具「否定」含意之副詞
　　　　　「안」，與具「可行、可被允許」含意之動詞「되다」結合而
　　　　　成。

結合用例：

與「動詞」結合時

하다	하면 안 되다	돕다	도우면 안 되다*
읽다	읽으면 안 되다	웃다	웃으면 안 되다
만들다	만들면 안 되다*	짓다	지으면 안 되다*
닫다	닫으면 안 되다	쓰다	쓰면 안 되다
듣다	들으면 안 되다*	자르다	자르면 안 되다
입다	입으면 안 되다	놓다	놓으면 안 되다

與「形容詞」結合時

따뜻하다	따뜻하면 안 되다	좁다	좁으면 안 되다
시다	시면 안 되다	춥다	추우면 안 되다*
좋	좋으면 안 되다	낫다	나으면 안 되다*
낡다	낡으면 안 되다	바쁘다	바쁘면 안 되다
없다	없으면 안 되다	빠르다	빠르면 안 되다
길다	길면 안 되다*	그렇다	그러면 안 되다*

與「名詞이다」結合時

학생이다	학생이면 안 되다	학교이다	학교(이)면 안 되다

用　法：

1. 表達對某動作之進行、某狀態之實現的不同意、禁止。可與動詞、形容詞、名詞이다結合，説明不樂見該行為、狀態、條件之發生，或對其予以限制、禁止。其中，與名詞이다一起使用時，若名詞最後一字無收尾音時，通常會將「이」予以省略。

- 극장에서 취두부를 먹으면 안 돼요.
  不行在電影院裡吃臭豆腐。

  （對「극장에서 취두부를 먹다」（在電影院吃豆腐）一行為表示限制、禁止。）

- 네가 없으면 안 되니까 제발 가지 마.
  （我）不行沒有你，拜託不要走。

  （對「네가 없다」（沒有你）一狀態表示不樂見。）

- A: 이 영화 예매하려고요.
     我想預訂這部電影。
  B: 청소년 관람 불가 영화라서, 학생이면 안 됩니다.
     因為這是青少年禁止觀看的電影，是學生的話不可以觀看。

  （對「학생이다」（是學生）一條件表示限制。）

2. 此句型在與動詞結合時，由於是限制該行為之進行，帶有「禁止」、「強制性」之感，因此在部分情況中可用以代替命令句，但不另外與命令句、共動句一起出現。惟因具強制性之語感，若聽者、主語同時為長輩或社會地位較高的人時，必須謹慎使用。

- 시험 시간에 계산기를 쓰면 안 돼.
  考試時間不行使用計算機。

- 길 옆에 주차하면 안 됩니다.
  不可以在路邊停車。

延伸補充：

1. 「-(으)면 안 되다」前方若與「一般否定」結合作「안 -(으)면 안 되다」或「-지 않으면 안 되다」時，為雙重否定，則強調「具有實現、達成該行為、狀態、條件之必要與必須性」。

- 지금 시작하지 않으면 안 됩니다.
  現在不開始不行。

  （即強調「지금 시작하다」（現在開始）之必要性。）

- 숙제는 안 하면 안 돼요?
  作業不做不行嗎？

  （即強調「做作業」「숙제를 하다」（做作業）之必須性。）

2. 在向他人請求協助，或是懇請他人同意自己之要求時，亦常使用此句型以表達更為謙遜、誠懇、懇切之態度。

- 좀 도와주면 안 돼?
  能不能幫我一下呢？

- 제가 오늘 학원에 안 가면 안 돼요?
  我今天能不能不要去補習班呢？

3. 由於此句型中之「되다」為動詞，因此即使「-(으)면 안 되다」前方與形容詞、名詞이다作結合，後方與其他句型、表現結合時，仍皆需要作動詞活用。

- 지하철에서 절대 하면 안 되는 일에는 뭐가 있어요?
  在地鐵裡絕對不能做的事情中，有什麼呢？

- 계속 이런 식이면 안 되는 거지.
  不行繼續這樣子吧。

句型結合實例：

1. -(으)면 안 되다 + -는/(으)ㄴ데(요)

- 중요한 회의이니까 안 가면 안 되는데요.
  因為是重要的會議，不去不行耶。

2. -아/어/여 주다 + -(으)면 안 되다

- 싸게 해 주면 안 돼요.
  不能算我便宜一點嗎？

D3-5 -지 마세요

解　　釋：表達禁止某行為、動作之進行。

中文翻譯：請不要……、請勿……

結構形態：由使用於命令句、共動句表「否定」意味之「-지 말다」、具
　　　　　「對主語表示尊敬」功能之先語末語尾「-(으)시-」，與非格
　　　　　式體終結語尾「-아/어/여요」結合而成。

結合用例：

與「動詞」結合時			
하다	하지 마세요	굽다	굽지 마세요
읽다	읽지 마세요	웃다	웃지 마세요
만들다	만들지 마세요	짓다	짓지 마세요
닫다	닫지 마세요	쓰다	쓰지 마세요
듣다	듣지 마세요	자르다	자르지 마세요
입다	입지 마세요	놓다	놓지 마세요

用　　法：

1. 表示禁止，強制性地命令聽者禁止從事某行為、動作。

- 벽에 함부로 낙서하지 마세요.
  請勿隨意在牆壁上塗鴉。

- 박물관에서 사진을 찍지 마세요.
  請不要在博物館內拍照。

2. 此句型由於涉及對動作之禁止，因此僅與動詞搭配使用。同時，由於為命令句，因此不與表「結束、完成」之先語末語尾「-았-/-었-/-였-」結合。

- 도서관에서 떠들지 마세요.
  請不要在圖書館喧嘩。

- 위험하니까 난간에 기대지 마세요.
  因為很危險，請不要倚靠在欄杆上。

3. 「-지 마세요」雖為敬語表現，但由於具強烈之禁止、約束性，因此若聽者為長輩或社會地位較高的人時，必須謹慎使用，避免引起聽者之不悅。

- 쓰레기를 버리지 마세요.
  請勿亂丟垃圾。

- 너무 걱정하지 마세요.
  請毋須太過擔心。

延伸補充：

1. 欲禁止他人從事某行為時，另有其他由「-지 말다」延伸使用之表現，其中屬於敬語表現之用法有「-지 마요」、「-지 말아요」、「-지 마십시오」；屬於非敬語表現之用法則有「-지 마」、「-지 마라」、「-지 말아」、「-지 말아라」。

- 여기서 담배를 피우지 마십시오.
  請勿在此吸煙。

  （「-지 마십시오」為「-지 말다」與格式體終結語尾「-십시오」之結合。）

- 다시는 그 얘기를 꺼내지 마라.
  不要再提那個話題了。

  （「-지 마라」為「-지 말다」與格式體終結語尾「-아/어/여라」之結合。）

D4-1 -는 동안에

解　釋：表達某事件從開始發生到結束之期間內，另有其他動作、狀態發生。

中文翻譯：⋯⋯的期間、⋯⋯期間

結構形態：由現在形冠形詞形語尾「-는」、具「時間長度」意義之名詞「동안」，與表示時間之助詞「에」結合而成。

結合用例：

與「動詞」結合時			
공부하다	공부하는 동안에	돕다	돕는 동안에
읽다	읽는 동안에	씻다	씻는 동안에
살다	사는 동안에*	짓다	짓는 동안에
뜯다	뜯는 동안에	쓰다	쓰는 동안에
듣다	듣는 동안에	자르다	자르는 동안에
갈아입다	갈아입는 동안에	넣다	넣는 동안에

用　法：

1. 在前文中的某動作，從開始至結束期間內，另有後文中的其他事件、狀態發生。且由於是將前文之事件看作是「一段時間」，描述在此一段時間內發生之事，因此兩事件之主語可為不同。

- 한국에서 대학원에 다니는 동안에 친구를 많이 사귀었어요.
  在韓國讀研究所的期間交了很多朋友。

  （前後文主語相同。）

- 친구가 드라마를 보는 동안에 저는 공부를 했어요.
  在朋友看連續劇的期間，我讀了書。

  （前後文主語不同。）

2. 「-는 동안에」前方原則上與動詞結合，「있다」、「없다」在此處皆同動詞一般地與句型結合，分別作「있는 동안에」、「없는 동안에」。

- 제가 전주에 있는 동안에 맛있는 음식을 많이 먹었어요.
  我在全州的期間，吃了很多好吃的食物。

- 영화 상영 전에 나오는 광고를 보는 동안에 팝콘을 다 먹었어요.
  在觀看電影放映前廣告的期間，把爆米花全部吃完了。

3. 實際使用時，有時會將「에」予以省略，作「-는 동안」。

- 제가 집에 없는 동안 전화가 왔어요.
  我不在家的期間，有（人打）電話來。

- 한국에 사는 동안 울릉도에 한번 가 보고 싶어요.
  居住在韓國的期間，想去一次鬱陵島看看。

延伸補充：

1. 「-는 동안에」前方僅能放置動詞，但若將冠形詞形語尾「-는」除去，亦可與能代表「一段時間」之名詞單獨結合作「名詞 동안에」，表示在該名詞所代表之期間內，另有其他事件、狀態發生。

- 어제 6시간 동안 공부했어요.
  昨天讀了 6 個小時的書。

- 이번 방학 동안 소설책을 많이 읽을 거예요.
  這次放假期間，我要閱讀很多的小說。

2. 由於後文中敘述的事件、狀態，是在前文中的動作從開始至結束期間內發生，即「在同時間內發生」，因此兩動作間通常無需判斷孰先孰後。然而部分動作由於本身之特性，需要依據當時情況，判斷兩動詞之先與後。

- 제가 나간 동안에 누가 저를 찾아왔어요?
  在我出去後的這段期間，誰來找過我呢？

  （在「出去之後」的期間，才有人拜訪，即「누가 찾아오다」（誰來拜訪）一動作，是在「나가다」（出去）一動作結束後始發生，因此在前方動作「出去」後方之「現在形」冠形詞形語尾，要改為「過去形」冠形詞形語尾「-(으)ㄴ」。）

- 제가 학교에 오는 동안 계속 멀미했어요.
  在我來學校的這段期間，頭一直很暈。

  （在這段期間頭暈，即「학교에 오다」（來學校）一動作是與「멀미하다」（頭暈）在同一時間內發生，因此在前方動作「來學校」後方添加「現在形」冠形詞形語尾「-는」即可。）

D4-2 -(으)ㄹ 때

解　　釋：表達該動作、狀態進行之期間。

中文翻譯：……的時候、……時

結構形態：由表示「對後方名詞之修飾」的冠形詞形語尾「-(으)ㄹ」，與具「時間」意義之「때」結合而成。

結合用例：

與「動詞」結合時			
공부하다	공부할 때	돕다	도울 때*
읽다	읽을 때	웃다	웃을 때
만들다	만들 때*	짓다	지을 때*
닫다	닫을 때	쓰다	쓸 때
듣다	들을 때*	자르다	자를 때
입다	입을 때	놓다	놓을 때

與「形容詞」結合時			
따뜻하다	따뜻할 때	좁다	좁을 때
시다	실 때	춥다	추울 때*
같다	같을 때	낫다	나을 때*
좋다	좋을 때	바쁘다	바쁠 때
없다	없을 때	빠르다	빠를 때
길다	길 때*	어떻다	어떨 때*

與「名詞」結合時			
학생이다	학생일 때	교사이다	교사일 때

用　法：

1. 表示動作進行、狀態發生之期間。通常表示進行、發生的期間，而並非該瞬間、剎那。

- 밥을 먹을 때 티비를 보면 안 돼요.
  吃飯的時候，不能看電視。

  （表示「밥을 먹다」（吃飯）一動作在進行之期間。）

- 집에 올 때 우유를 좀 사 와요.
  回家的時候，請買牛奶回來。

  （表示「집에 오다」（回家）之動作在進行之期間，即「從某處離開後開始，至進到家那剎那之前」。）

2. 「-(으)ㄹ 때」可搭配動詞、形容詞、名詞이다結合使用。同時，由於後文之狀態、行動，是在前文狀態、行動進行時發生，因此時制通常僅需要放置於句尾即可。

- 친구는 제가 집에 없을 때 올 거예요.
  朋友會於我不在家的時候來。

- 시험을 볼 때 답을 잘못 썼어요.
  在考試的時候寫錯了答案。

  > 🔍 單純描述「過去情形」時，僅在句尾添加時制，「-(으)ㄹ 때」前方不需添加。

3. 若欲表達後方之動作、狀態，是在前文動作、狀態完成或結束時發生，則可在「-(으)ㄹ 때」前方加上先語末語尾「-았-/-었-/-였-」，作「-았/었/였을 때」。

- 사랑을 시작했을 때, 비로소 삶은 시작돼요.
  在開始愛的當下，人生才真正開始。

  （強調「시작하다」（開始）之動作「完成」的當下。）

- 어렸을 때 자주 가던 곳이에요.
  是小的時候常常去的地方。

  （強調「어렸을 때」（小時候）此時期已「過去、完成」。）

延伸補充：

1. 「-(으)ㄹ 때」無法與名詞單獨使用，必須與名詞이다結合，作「名詞일 때」，表示「是……的時候、期間」。惟部分名詞另可單獨與「때」一起使用，作「名詞 때」，表示「……的時候、期間」。

- 우리 형은 학생일 때 대기업에 취직했어요.
  我的哥哥在還是學生的時候就進到了大企業。

  （表達「학생이다」（是學生）身分狀態之時。）

- 크리스마스 때 보통 무엇을 해요?
  聖誕節的時候通常做什麼呢？

  （表達「크리스마스」（聖誕節）這段期間的時候。可單獨與「때」使用之名詞有一定之限制，通常為能代表「某特定時間、時期」之單詞。）

句型結合實例：

1. -고 있다 + -(으)ㄹ 때

   - 너를 기다리고 있을 때 받은 쿠폰이야.
     是在等你的時候拿到的折價券。

2. -아/어/여 있다 + -(으)ㄹ 때

   - 그 사람은 제가 입원해 있을 때 알게 된 친구예요.
     那個人是我住院時認識的朋友。

D4-3 -(으)ㄴ 지

解　　釋：表達動作在完成之後，至今所經過之時間。

中文翻譯：距……已經……了、……至今已……了

結構形態：由表「完成、結束」含意之冠形詞形語尾「-(으)ㄴ」，與具「從發生某事起至現在這段期間」之意的依存名詞「지」結合而成。

結合用例：

與「動詞」結合時			
공부하다	공부한 지	배우다	배운 지
읽다	읽은 지	웃다	웃은 지
살다	산 지*	짓다	지은 지*
닫다	닫은 지	쓰다	쓴 지
듣다	들은 지*	자르다	자른 지
입다	입은 지	놓다	놓은 지

用　　法：

1. 表示某動作完成後至今所經過的時間，用以描述動作完成後，在時間上究竟經過多久。「-(으)ㄴ 지」前方僅能與動詞結合，且前方不可搭配先語末語尾「-았-/-었-/-였-」。

   - 제가 한국에 온 지 3년이 넘었어요.
     我來韓國至今，已經超過 3 年了。

- 아내와 결혼한 지 10년이 됐어요.

  和妻子結婚至今，已經 10 年了。

- 한국어 공부를 시작한 지 벌써 두 달이 됐어요.

  從開始學韓語至今，已經兩個月了。

2. 若欲說明「自上一次從事過某行為之後經過的時間」，即「多久沒做某動作」，則視情況於前文中添加副詞「안」或「못」。

- 노래방에 **안** 간 지 10년이 넘었어요.

  距上一次去 KTV，已經是 10 年前了。

  （單純敘述「노래방에 안 가다」（沒去KTV），使用「안」作為一般否定。）

- 코로나19 때문에 학교에 **못** 간 지 한 달이 됐어요.

  因為 COVID-19 的緣故，距離上一次去學校，已經是一個月前了。

  （由於「학교에 못 가다」（不能去學校）此事為逼不得已，使用「못」，強調外部因素為影響之原因。）

3. 由於本句型用以表達時間經過之長短，因此後文常與「時間表現」相關之「되다」（達到）、「지나다」（經過）、「넘다」（超過）、「오래되다」（很久）、「경과하다」（經過）搭配使用。

- 담배를 끊은 지 세 달이 지났어요.

  戒菸至今，已經過了三個月。

- 대학을 졸업한 지 3년이 경과했습니다.

  距離大學畢業至今，已經過 3 年了。

延伸補充：

1. 「-(으)ㄴ 지」在與部分動詞結合時具「歧義性」，也就是同一句話可能於不同狀況時具有截然不同之意，此時則需要仰賴前後文及當下之情況作出判斷。

- A: 철수는 아직도 한국에 있어?
    哲秀還在韓國嗎？
  B: 응, 한국에 간 지 오래됐어.
    對啊，去韓國很久了。

  （表示距離「한국에 가다」（到韓國）該動作完成後，至今經過的時間。）

- A: 아, 한국 여행 가고 싶다.
    啊，好想去韓國旅行喔。
  B: 나도. 한국에 간 지 오래됐어.
    我也是，距上次去韓國隔好久了。

  （表示距離「한국 여행을 가다」（去韓國旅行）整個動作完成後，至今經過的時間。）

D4-4 만에

解　　釋：表達在某事件發生後經過一段時間之後，接著再次發生相同動作或其他事件。

中文翻譯：過了……後……、隔了……後……、時隔……的……

結構形態：由具「期間經過之時間」含意之依存名詞「만」，與表示時間之助詞「에」結合而成。

結合用例：

與「名詞」結合時			
한 달	한 달 만에	일주일	일주일 만에

用　　法：

1. 表達兩事件之間所經過的時間，具有「距上次進行之動作、發生之事件已經過……，與此同時，再度進行、發生某事件」之含意。「만에」前方需要放置表示時間長短之名詞。

   - 10년 만에 다시 서울에 왔어요.
     時隔 10 年又來到了首爾。

   - 기차를 타니까 30분 만에 도착했어요.
     搭火車 30 分鐘就到達了。

2. 前文之動作可與後文一致，亦可不相同。若前文中並未出現動作，則其動作通常與後文一致，表示前後文兩相同動作間所經過的時間。若前文中先提及動作，則通常與句型「-(으)ㄴ 지」結合，而此時後文可以出現不相同的動作。

- 이게 도대체 얼마 만에 만난 거야?
  這到底是多久沒見到了啊?

  （從上次「만나다」（見面）之動作結束後不知經過多久，「見面」之事件再度發生。）

- 결혼한 지 1년 만에 이혼했어요.
  結婚經過 1 年之後離婚了。

  （從「결혼하다」（結婚）之動作結束後經過1年，「이혼하다」（離婚）之動作接著發生。）

延伸補充：

1. 「만에」中的「만」作為表達「期間經過之時間」之依存名詞，後方可加上表「是」意義的「이다」，作「만이다」。

   - 아유, 이게 얼마 만이야?
     哇，這到底是時隔多久的見面啊?（哇，我們到底多久沒見了啊?）

   - 이렇게 우리가 한자리에 모인 게 얼마 만이에요?
     像這樣我們聚集在同一地，到底是時隔多久了啊?（我們到底多久沒有這樣聚在一起了啊?）

2. 「만에」後方僅能放置動詞，但若將表示時間之助詞「에」替換成具「的」意義之「의」，則可與名詞結合作「만의 名詞」，表示「時隔……的……」。

   - 정말 오랜만의 나들이였어요.
     真的是時隔已久的出遊呢。

   - 20년 만의 만남이니까 왠지 설레네요.
     因為是時隔 20 年的見面，不知為何有些激動呢。

D4-5 -기 전에

解　　釋：表示某動作發生之前的動作、狀態。

中文翻譯：……之前……、在……之前

結構形態：由名詞形轉成語尾「-기」、具「前面」意義之名詞「전」，與
　　　　　表示時間之助詞「에」結合而成。

結合用例：

與「動詞」結合時			
공부하다	공부하기 전에	돕다	돕기 전에
읽다	읽기 전에	웃다	웃기 전에
만들다	만들기 전에	짓다	짓기 전에
닫다	닫기 전에	쓰다	쓰기 전에
듣다	듣기 전에	자르다	자르기 전에
입다	입기 전에	놓다	놓기 전에

用　　法：

1. 用以表示較前文內容在時間上先為發生之動作、狀態。前文為後進行之動
   作，而後文則為先發生之動作或狀態。在意義上，則強調位於後文之內容。

   - 목욕탕에 들어가기 전에 몸을 깨끗이 씻어야 돼요.
     進入浴池前，必須將身體洗乾淨。

   - 대만에 오기 전에 무엇을 했어요?
     來臺灣之前，是做什麼（工作）的呢？

2. 句型本身具先後順序之關係，因此「-기 전에」前方不需搭配先語末語尾「-았-/-었-/-였-」使用。同時，前方僅能與動詞結合。

- 집을 사기 전에 여러 가지 것들을 신중하게 고려해야 돼요.
  買房子之前，必須慎重地考慮各種事情。

- 일본에 오기 전에 일본어를 하나도 몰랐어요.
  來到日本之前，完全不會日語。

3. 在實際使用時，有時會將「에」予以省略，作「-기 전」。

- 밥을 먹기 전 어떻게 기도하나요?
  在吃飯前，要如何禱告呢？

- 이것은 비행기 타기 전 알아야 할 정보입니다.
  這是搭飛機前需要了解的資訊。

4. 若欲利用此句型所含之意義，對後方名詞加以修飾時，可將「-기 전에」中之「에」替換成「의」，作「-기 전의」，後方再接上名詞。

- 다음은 OS를 설치하기 전의 준비 작업입니다.
  以下為安裝作業系統前之準備作業。

延伸補充：

1. 「-기 전에」前方僅能放置動詞，但若將名詞形轉成語尾「-기」除去，則可與名詞結合作「名詞 전에」，表示「在……之前……」。

- 비행기를 탈 때 국제선은 2시간 전에 공항에 도착해야 돼요.
  搭乘飛機的時候，國際線必須在 2 小時前到達機場

- 12시 이전에 도착하려면 일찍 출발해야 돼요.
  想在 12 點前到達的話，必須早點出發。

  > 🔍 可置於「전에」（之前）之前的名詞具局限性，通常必須是與時間相關之名詞，可為「某時間點」或「一段時間」，且「전에」可替換成「이전에」。

- 식사 전에 물을 마시면 건강에 좋아요.
  用餐前喝水的話，對身體健康好。

- 졸업 전에 하고 싶은 일이 있어요?
  畢業前有想做的事情嗎？

> 🔍 具有「動作、動態感」之名詞亦可置於前方，而這些名詞通常為「漢字語」，如：「출발」（出發）、「입학」（入學）、「취직」（就職）、「취침」（就寢）、「출근」（出勤）。

D4-6 -(으)ㄴ 후에

解　　釋：表示某動作發生之後的動作、狀態。

中文翻譯：……後……、在……之後

結構形態：由表「完成、結束」含意之冠形詞形語尾「-(으)ㄴ」、具「後面」意義的名詞「후」，與表示時間之助詞「에」結合而成。

結合用例：

與「動詞」結合時			
공부하다	공부한 후에	돕다	도운 후에*
읽다	읽은 후에	웃다	웃은 후에
만들다	만든 후에*	짓다	지은 후에*
닫다	닫은 후에	쓰다	쓴 후에
듣다	들은 후에*	자르다	자른 후에
입다	입은 후에	놓다	놓은 후에

用　　法：

1. 用以表示時間上發生在前文內容之後的動作、狀態。前文為先進行之動作，後文則為後發生之動作或狀態。在意義上，則強調位於後文之內容。

- 저는 밥을 먹은 후에 꼭 디저트를 먹어요.
  我吃完飯後一定會吃甜點。

- 수업 끝난 후에 영화 보러 가자.
  下課後我們去看電影吧。

2. 句型本身具先後順序之關係，且包含具「完成」意義之冠形詞形語尾「-(으)ㄴ」，因此「-(으)ㄴ 후에」前方不需另外搭配先語末語尾「-았-/-었-/-였-」。同時，前方僅能與動詞結合。

- 대학교를 졸업한 후에 취업 준비에 집중하기 위해 아르바이트를 그만두었어요.
  畢業後，為了專心準備就業，便將打工辭掉了。

- 회의가 끝난 후에 무엇을 할 거예요?
  會議結束後，要做什麼呢？

3. 在實際使用時，有時會將「에」予以省略，作「-(으)ㄴ 후」。

- 감기가 다 나은 후 독감 예방 접종을 해야 합니다.
  流感預防接種，必須在感冒痊癒之後接種。

- 공항에 도착한 후 탑승 수속을 하지 않아도 됩니다.
  到達機場之後，可以不用辦理搭乘手續。

延伸補充：

1. 「-(으)ㄴ 후에」前方僅能放置動詞，但若將冠形詞形語尾「-(으)ㄴ」除去，則可與名詞結合作「名詞 후에」，表示「在……之後……」。

- 1시간 후에 집 앞에서 만나자.
  1 小時後在家前面見。

- 오후 3시 이후에 커피를 마시면 잠을 못 자요.
  下午 3 點鐘後喝咖啡的話，會睡不著。

  > 🔍 可置於「후에」前的名詞具局限性，通常必須是與時間相關之名詞，可為「某時間點」或「一段時間」，且「후」可替換成「이후」。

- 퇴근 후에 한잔할까요?

  下班後，要不要一起喝杯酒呢。

- 결혼 후에도 로맨틱한 사랑이 가능한가요?

  結婚後，浪漫的愛情仍是可能的嗎？

> 🔍 具有「動作、動態感」之名詞可置於前方，而這些名詞通常為
> 「漢字語」，如：「출발」（出發）、「입학」（入學）、「취
> 직」（就職）、「취침」（就寢）、「출근」（出勤）。